余耕 / 著

最后的地平线

这是范华阳和宋博衍的故事
他们曾经并肩作战，他们也曾置对方于死地

作家出版社

作者简介

余耕，中国作家协会会员。早年从事专业篮球训练，后转入新闻界，在北京做记者十余年。自不惑之年开始职业写作，先后创作小说《古鼎》《如果没有明天》《我是夏始之》《我是余未来》，等等。长篇小说《金枝玉叶》在掌阅付费读者评分高达9.2分；中篇小说《我是夏始之》获得第十九届百花文学奖；都市荒诞喜剧小说《如果没有明天》获第十七届百花文学奖，根据该小说改编的话剧《我是余欢水》在全国各地上演近五百场，改编成网剧《我是余欢水》成为现象级短剧，引发社会广泛热议。

一

范华阳从小身子骨弱,身子骨弱也就罢了,偏偏还长一副讨人嫌的样子,脸上的五官紧紧揪巴在一起,活像蜂猴的脸。跟他差不多大的孩子见到他,谁都忍不住想揍他一顿,大概是想帮他把脸上的五官打松散,还原成人的样子。范华阳身子骨弱,又长得讨人嫌也就罢了,偏偏性子还倔。身上挨了揍,范华阳都要从嘴巴上找回来,把揍他的人的祖宗八辈,外带七大姑八大姨挨个骂一遍。揍他的人要是体力好,范华阳就得骂两遍甚至三遍,没有一句告饶的话。骂人不仅是个体力活儿,也是个智力活儿,得日积月累,得搜肠刮肚,声声带响,句句戳中要害。范华阳骂得狠,对方也就揍得狠。对方揍得狠,范华阳也就骂得更狠。循环往复,人家本来想简单揍他一顿,因为范华阳骂得刁钻狠毒,常常演变成一场漫长的骂与揍。小孩子打架,原本没有深仇大恨,只是要争个面子,向围观的小伙伴们有个交代。可范华阳没完没了地骂,会让揍他的人很没有面子。有时候,揍他的人累得快支撑不下去了,眼神里甚至流露出一些乞求的神色,像是央求范华阳不要再骂了。可范华阳越挨揍越倔,越骂越起劲儿,一直骂到揍他的人体力不支,几近虚脱。第二天,揍范华阳的人,浑身上下就像是散了架一样酸痛。所以,同一个人只敢揍范华阳一次,第二次就算是给他十袋干脆面,他都不愿意招惹范华阳。

挨完揍的范华阳,不光是身上疼,嗓子也哑了。日复一日地挨揍,日复一日地骂人,范华阳也就此落下骂下流话的病根。长大后,范华阳才知道,这个毛病属于心理范畴的疾患,也叫"淫语癖"。

虽说没有人敢揍范华阳第二遍,可架不住全校男生多,一人揍一遍也扛不住。有一天,范华阳又遇到一个寻衅滋事的,前半场跟往常一样,人家揍他,他骂人家。骂着骂着,范华阳灵光一现,改变了骂人的节奏。等人家揍累了歇息的时候,他也戛然而止不再叫骂。围观的小伙伴们有些扫兴,可另一出好戏才刚刚开始。揍他的人攒足面子,背起书包在前面走,范华阳在后面跟着走。揍他的人在前面跑,范华阳在后面跟着跑。

揍他的人进厕所，范华阳跟着他进厕所。揍他的人回家，范华阳跟着他回家。

一直跟到揍他的人心里发毛，站在自家门口央告："求你了，我再也不打你了，再打你，我是你儿子。"

要是碰巧遇上揍他的人的爸妈，范华阳也不会主动告状，只是用狠呆呆的眼神死盯着揍他的人。揍他的人就会嬉笑着，上来一把揽住范华阳的脖子，对爸妈说："这是我的同学，我们俩是死党。"

范华阳扒拉开揍他的人的胳膊，开口说话了。这回，范华阳没有骂揍他的人的祖宗八辈和七大姑八大姨，而是对着揍他的人的爸妈说："你儿子揍我了，我现在打不过他，可我得把你们家门儿认实了。我长大了要是做了贼，我就专偷你们家。我长大了要是做了强盗，我就专抢你们家。我长大了要是做了杀人犯，我就杀了你们全家。"

范华阳前前后后跟了二十多人回过家，后来，这二十多人的霸气统统被他的眼神杀死。自此之后，放学路上，没有男同学敢走在他的前面。偶尔遇上个颠预的，尤其是揍过范华阳的家伙，走着走着冷不丁回头看见范华阳，腿快的拔腿就跑，腿慢的赶紧蹲地上系鞋带，一直磨蹭到范华阳大摇大摆走到自己前面。范华阳一路走回家，跟他有过节的同学四处避让，范华阳瘦弱的身体，散发着前所未有的巨大气场。

半年之后，范华阳带着他瘦弱的身体和狠呆呆的眼神，一起升入初中。中学的人数比小学多四五倍，高矮胖瘦傻愣浑狠什么人都有，他觉得光靠眼神无法保障自己不受欺负。距离学校一站地，有一家健身房，范华阳走进去，问管事的领班要不要打零工的。领班看他是个孩子，且瘦弱不堪，就一口回绝了。范华阳说他不要工资，晚上给两个盒饭就行。

此后，他每天下午放了学就去健身房打扫卫生，扫完地再把地上散乱的杠铃片、哑铃码放到架子上。范华阳干活的时候也不是一门心思干活，他一边干活一边听教练讲解指导，一边看教练做示范一边偷着在心里跟着学。晚饭时间，趁着健身房人少，他照着教练讲的赶紧练上一通。等健身房上人的时候，他去后勤领上两个盒饭，才回家写作业。

半年下来，范华阳居然练出来一身腱子肉，身体也长高了。直到爸爸发现范华阳的秘密，把他从健身房拖出来，在马路边狠狠抽了他一顿耳光，他才不去健身房。有了身高，有了腱子肉，范华阳狠呆呆的眼神开始变得犀利，变得更有底气。

听说初一来了一个狠角色新生，高年级几个调皮孩子决定杀杀范华阳的威风。下午放学后，范华阳走出校门，几个穿校服蒙面罩的家伙蹿出来，把他按在地上暴打一顿。这些调皮孩子都是打架打出来的主儿，实战经验丰富。范华阳从小只有挨揍的经验，只知道蜷缩身子，两手两腿护住要害，全然忘了运用这半年练出来的腱子肉。范华阳这回没有开口骂，没有开口骂，不是不想骂，是因为不知道骂谁，揍他的人都戴着针织黑面罩。黑面罩们散去后，范华阳在地上足足躺了十多分钟，才缓上气来。等他一瘸一拐回到家中，看见爸爸坐在妈妈遗像前发愣，范华阳才想起来，今天是妈妈的忌日。妈妈五年前死于骨癌，范华阳那个时候才九岁，还是个懵懵懂懂的孩子。这一晚，范家爷俩都没有心情吃晚饭。爸爸喝了两口酒，换上鲜艳的荧光服去上班，说是长途汽车站有一个涵洞堵了，脏水溢了一大街。第二天早上，范华阳一早就爬起床来，给爸爸和自己做了蛋炒饭，他出门的时候，爸爸刚刚下夜班进门。

爸爸问他："这么早去学校整哪样嘛？"

范华阳擦了擦嘴角上的饭粒，说："我今天值日。"

爸爸又问："你的左眼怎么肿了？"

范华阳说："晚上起夜碰到门框上了。"

范华阳赶到学校，校工刚刚打开校门。他躲进校门口的灌木丛里，探出半个脑袋，盯着每个走进校门的男生。太阳越过房顶，照进灌木丛，范华阳看一眼手表，马上到上课时间。他站起身来，活动一下僵硬的躯体，准备进教室上课。就在这个时候，一个男同学一瘸一拐进了校门。范华阳跳出灌木丛，冲到男同学身后，冷不丁出手把他推倒在地，左手抱起男同学的左脚，右手使劲一拽，扯掉男同学的袜子和鞋子，露出纱布包扎的脚后跟。倒地的男同学拼命挣扎，待他转头看时，正好碰上范华阳犀利的眼神，禁不住打个激灵。范华阳扔掉袜子，腾出手来又撕掉他脚后跟的纱布，男同学的脚后跟上清晰地印着两排牙印。原来，昨天遭蒙面罩的同学毒打时，范华阳躺在地上滚来滚去，他就近抓住一只脚，并在这只脚后跟跟腱处狠咬一口。他清晰记得那是一只左脚,当时感觉自己的牙齿已经快要咬穿了这只左脚的跟腱。以他现在的身高和腱子肉,完全可以把男同学暴打一顿。可范华阳没有揍他,只是翻开他的书包,从里面掏出一沓作业本,作业本上写着:初二六班张杰。

下午放学时,范华阳来到初二六班门口,候着张杰,继续上演他的跟踪绝技。这一跟就是两天,张杰被他爸扇了两次耳光。第三天,张杰给了范华阳一张纸条,上面写着五个同学的名字和班级,都是那天蒙面罩揍范华阳的人。

范华阳上了大学,脸上的五官才松散开来,人也慢慢变得不那么招人嫌了。范华阳读的是华南警官学院侦查系,刚入学的时候,同学们揶揄他是按照卧底招的生。

范华阳骂道:"我要是做了卧底,将来就把你们这群吃里爬外吃饱了骂厨子吃了原告吃被告的坏警察底儿兜出来。"

说归说，范华阳有学习天赋，他在华南警官学院的各科成绩都是拔尖的。理论课的侦查学、情报学、预审学、刑事法学、刑事技术学、犯罪心理学，警体课的体能、擒拿、格斗、抓捕、手步枪射击，全部科目都是A+。在华南警官学院侦查系里，能够与范华阳的成绩比肩的只有一位同学，叫宋博衍。

　　与范华阳的童年遭遇不同，宋博衍从小个子长得高，总是欺负别人。宋博衍八岁的时候，父母去省城贩卖服装，乘坐的大巴车中途起火，父母死于非命。宋博衍被姑姑收留后，姑父整天冲着他甩脸子，有时候还会以教化之名动手揍他。宋博衍童年世界里阴云密布，毫无幸福可言，上中学后，便跟一帮社会上的地痞流氓厮混到了一起。他经常逃课，跟着大哥们四处打秋风。有一回，踩盘子的盯上一个点子，说点子身上带着好几万花票子。瓢把子安排两个手下大哥去试水，顺道带上宋博衍，去开开眼界。蹚过两条街后，两个大哥断定这个点子不好对付，没准是哪条线上的老合，就扔了点子，喝酒去了。宋博衍不会喝酒，跟着点子一路走下去。点子玩《星际争霸》，他在网吧门口蹲着等。点子吃面,他在面馆门口蹲着等。点子把妹,他在发廊门口蹲着等。点子K歌,他在歌厅门口蹲着等。宋博衍背着书包,满县城跟着点子转悠两天。第三天深夜,点子在歌厅里喝多了,醉歪歪走出来,打上一辆三轮摩的。宋博衍跟着三轮摩的,一路狂奔,出了县城,过了郊区,进了村子。摩的司机叫不醒点子,自认倒霉,把醉成一摊泥的点子卸在村口,开着三轮摩的回城。宋博衍跑得通身冒汗,瘫坐在点子旁边捯气儿。等把气儿喘匀了,他从点子身上翻出一沓百元花票子,蘸着唾沫数了数,两万七千六百五十八块钱。宋博衍没有把钱全拿走,他把零头七千六百五十八块钱又塞回点子的兜里,带着两万块钱,连夜又跑回县城。宋博衍没有回家,径直去了瓢把子大哥落脚的窝子,准备把钱交给瓢把子。天还没放亮,他不敢惊扰瓢把子睡觉,便在门口找块纸壳箱子,枕着书包睡着了。刚刚睡着,宋博衍就被一声巨响惊醒,睁开眼后,他吓出一身冷汗:瓢把子和手下几个兄弟戴着手铐,被警察分别押上警车。

天色见亮,围观的群众围了好几层。宋博衍呆坐在墙根,一时间不知所措。一名警察走过来，把他当成淘气看热闹的孩子，轰赶进群众堆里面。看热闹的人群里突然发出一阵惊呼声，宋博衍回过头来，看见瓢把子被从警车里抬出来，浑身都是血。

一位懂行的群众解释说："这家伙拒捕，被枪子打中要害，死屄了。"

宋博衍连惊带吓，发了一个礼拜高烧。退烧后，他脑袋瓜清醒过来，觉得做坏人不保险，要做还得做警察。关于那两万块钱，宋博衍在一个雨夜去了天桥，天桥底下是这座城市里最大的乞丐集中地，他给每人发了五百块钱。最后剩下五百块钱，宋博衍给自己买了一双耐克鞋，因为那天晚上跟踪点子，他跑破了一双假耐克鞋。

打这儿之后，宋博衍把心思收回来，一头扎进书本里，把两年来耽误的功课补上，成了学校里知耻而后勇的榜样。高考时填写志愿，宋博衍的唯一志愿是华南警官学院。

宋博衍长得高也就罢了，偏偏还长得帅，学习成绩又拔尖，深得女生青睐。宋博衍爱去的健身房和图书馆，常常被女生挤得满满当当。有好事女生还给宋博衍列行踪表：健身房，周一、周三、周五；图书馆，周二、周四；周六、周日行踪不详。宋博衍去健身房，不为练块儿，是要保住他校自由搏击80公斤级的冠军。范华阳也去健身房，因为他是校自由搏击75公斤级的冠军。有好事男生撺掇范华阳和宋博衍打一场，看看谁才是侦查系翘楚。宋博衍放出话来，说80公斤打败75公斤，是胜之不武。

范华阳也回过话来，说80公斤输给75公斤，下不了台。

一场不同级别的冠军之战，悄悄传遍整个华南警官学院，大家似乎已经嗅到浓浓的荷尔蒙味道。时值1999年冬天，好事者们策划把比赛日期设在12月31日晚的跨年舞会上，并将其命名为"世纪决战"。比赛安排在这一天，倒不是为了应景"世纪之交"，主要是为了避开郑远桥。

郑远桥是华南警官学院侦查系主任，兼校长助理，素以严厉和自信著称。郑远桥进入华南警官学院任教之前，曾是国际刑警组织总秘书处的协调员，在法国里昂工作了五年。郑远桥的自信，源于他在国际刑警组织的工作经历，整整五年，经他之手协调的案子，没有出过任何纰漏。侦查系的同学们，背后议论郑远桥的时候，除了敬佩和赞赏，也不忘了诋毁系主任的政治野心。所谓政治野心，是郑远桥时常挂在嘴边的一句话：你如果有能力，就不要扭捏作态，一扭捏成终生恨。

郑远桥结婚后，把家安在北京，因为他的妻子在国家安全局工作。因此，每逢节假日，他都要飞北京与家人团聚。好事者们把"世纪决战"安排在元旦前夜，充分考虑到了利用这个因素。

华南警官学院篮球馆挤得水泄不通，元旦舞会如火如荼。值班老师很是纳闷，他记得自己读大学的八十年代，同学们才会这般热衷搞舞会。值班老师叮嘱同学们不要玩得太晚，跨年结束就回去休息。同学们一一应承，还有两位同学殷勤地把老师送回值班宿舍。值班老师一出篮球馆，组织者指挥同学们迅速行动起来，只花了半个小时，搏击台就搭建起来。负责DJ

的同学，把华尔兹舞曲换成重金属摇滚，青春的气息瞬间爆棚。突然，球场灯光全部熄灭，世界只剩下震耳欲聋的金属节奏。两束聚光灯亮起，打在两个入口处，一扇门打开，身披床单的范华阳，在一群男同学簇拥下步入球场，一声声雄性嘶吼爆满整座篮球馆。另一入口的门也打开了，披同一款床单的宋博衍做着弓步跳跃进入篮球馆，在他的身后紧紧跟随着一群靓丽女生，刺耳尖叫的声波似乎要穿透篮球馆的棚顶，冲上云霄。

两位不同级别的冠军在众人欢呼中，跃上搏击台，各自甩掉披在身上的床单。裁判示意两人走到搏击台中间，一边检查双方拳击手套，一边宣布比赛规则：一局三分钟，不记有效点数，直到一方主动认输或倒地不起。

接下来，范华阳和宋博衍开始相互示威，两个人怒目相视，越靠越近，最后额头顶着额头。

宋博衍说："我保证，这是你两个世纪最难熬的一天。"

范华阳说："我发誓，我会打断你的鼻梁骨，让你每天照镜子都会想起我。"

宋博衍说："不把你打出屎来，算你拉得干净。"

范华阳说："不把你打出屎来，算你屁眼没被日过。"

世纪决战开始，双方都很谨慎，防守多于进攻。第一局结束，范华阳左脸挨了一记右勾拳，宋博衍右脸挨了一记左勾拳，双方战成平手。第二局，宋博衍加快攻击节奏，因为他觉得自己是80公斤级，如果继续畏手畏脚防守，面子上不好看。范华阳没有跟着宋博衍的节奏走，他继续闪转腾挪，一副将防守进行到底的样子。全场的女生都在为宋博衍加油助威，此举也助燃了他进攻的欲望，出拳出腿的频率明显加快。范华阳加快双脚移动速度，躲避着宋博衍的长腿猛拳。他用双臂护住头部，满场游走，直到第二局比赛结束。双方喘息着坐在红蓝角休息，两边的拥趸奉上蜂蜜水和毛巾。红角宋博衍这边的女生以褒奖称颂为主，说他勇猛无敌，肯定能干掉范华阳，赢得世纪决战。蓝角范华阳这边以男生为主，督促他要攻击，说进攻才是最好的防守，出谋划策指点迷津者，说得嘴角冒白沫。

其中一个男生，拍着范华阳的肩膀说："为了全校男生的尊严，你得把宋博衍干趴下，最漂亮的女生全都围着宋博衍转，凭什么！据说大一刚来的最漂亮的那个又被他泡上了，这是不给我们弟兄留活路啊。"

范华阳好像一句都没有听进去，第三局比赛，他还是严防死守，拒不进攻。等到第四局比赛结束时，范华阳身边失去了大部分拥趸，只剩下一个递蜂蜜水的男同学郭力。

郭力调侃道："这不是世纪决战，是世纪逃命。"

范华阳看了一眼郭力，对他说："'避其锐气，击其惰归，此治气者也。'你懂个鸡巴毛。"

郭力白了范华阳一眼，说道："其实，我是宋博衍的拥趸，因为他那边都是女生，我不好意思过去凑热闹。"

第五局比赛开始，宋博衍的追击已显疲态，他放缓出击频率，故意露出几次破绽，把自己的要害部位敞开，想诱敌深入。范华阳还是一副躲闪避让架势，根本不让宋博衍近身。支持范华阳的男生们觉得没有面子，有些家伙甚至开始起哄喝倒彩。

宋博衍索性垂下双手，站在台子中央，问范华阳："你打不打了？"

范华阳在两米远站定,对宋博衍说:"不打也行,75公斤和80公斤战成平局,80公斤等于输了。"

三分钟的比赛时间,两个人斗嘴斗了一分半钟,第五局比赛时间到,双方各自溜达回到红蓝角休息。

郭力对范华阳说:"我困了,想回宿舍睡觉。"

范华阳说:"你回宿舍也是自己一个人对着墙撸,等打完第六局吧。"

第六局比赛开始,范华阳继续一路小跑着溜边躲避。宋博衍则完全放弃了防守,甩开双臂围追堵截,场面上已经不太像是一场搏击比赛了。突然,范华阳脚下一个趔趄,差点摔倒在地上。等他控制好重心,站稳身体,已经被宋博衍逼进死角。宋博衍绝不肯再给范华阳游击的机会,他收回甩开的右臂,准备给范华阳狠狠一击。就在宋博衍收回右臂的同时,范华阳一记左勾拳,顺着他回收的右臂猛击过来,正中宋博衍太阳穴。宋博衍顿时感觉脑袋发蒙,他甩了甩头,想让自己镇静下来,可就在他甩头之际,范华阳凌空跃起,一记虎尾脚踢中宋博衍的鼻梁。"咔嚓"一声闷响,这是一声只有宋博衍和范华阳才能感受到的碎裂声，两行鼻血如泉涌般冒出来，宋博衍的脸瞬间变成血葫芦。裁判及时中止比赛，让宋博衍进行止血治疗。女生们一拥而上，围着宋博衍慰问个不停。有的女生甚至已经流泪了，还生怕宋博衍看不见泪水，一边流泪一边用哭腔骂范华阳使诈。裁判跟过来察看宋博衍的鼻子，确定鼻梁骨骨折，他建议取消比赛。宋博衍说什么都不同意，他让法医系一位女生把消毒棉条塞进两个鼻孔，直到把塌陷的鼻腔骨顶起来。两个鼻孔里塞进了四根棉条，宋博衍还对着一女生递过来的镜子，双手捏了捏鼻梁骨，笑着对周围的女生说："正好趁机整整容。"

男生们也重新聚拢到范华阳的蓝角，赞他有勇有谋沉得住气。

范华阳盯着红角的宋博衍，对男生们说："现在说这话是大姑娘生孩子——没个尿数。"

接下来的第七局比赛，宋博衍的攻防步伐和出拳速度明显减缓，看上去有些体力不支。女生们不再尖叫，改成一声接一声的惊呼，篮球馆里的气氛渐渐凝重起来。裁判示意第七局比赛结束时，宋博衍腿一软，几乎跪倒在台上，幸亏裁判把他扶起来。宋博衍大口喘息着，瘫坐在红角上，示意一位女生帮他的右腿戴上护膝。范华阳看到这个细节，在心里反复判断宋博衍这一举动的虚实。一位法医系的男生正在给范华阳放松后背肌肉，他建议范华阳攻击宋博衍的右腿。

范华阳一边喘息，一边对身后的法医系男生说："宋博衍打篮球，左腿是他的起跳腿，就算是受伤也应该是左腿，他把护膝戴到右腿上，是故意诱骗我上当。"

第八局比赛开始，宋博衍的左腿略显疲滞，但他控制得很好，始终以右腿面对范华阳。范华阳尝试了几次，如果冒险攻击宋博衍的左腿，或许能一击定胜负，但自己的所有要害位置也都置于对方的有效攻击范围。范华阳转念一想，今晚的比赛不算点数，一方放弃比赛才算胜负，攻击宋博衍的伤腿是让他放弃比赛最有效的手段，就算自己遭受一次重创也划算。范华阳想到做到，他纵步交叉接近宋博衍，借着惯性飞出一腿，踢向宋博衍的左膝关节。宋博衍没有顾及自己的左腿，反而用左腿蹬地发力，翻身挥出右肘，正好击中范华阳的鼻梁。

第八局比赛结束，双方各自断掉一条鼻梁骨，堪堪打成平手。

这场"世纪决战"打到第二十三局时，已经耗时三个小时，参赛双方已经累得疲惫不堪，中间还各自吃了一桶泡面和两根香蕉。再后来，裁判想上厕所，结果坐在马桶上睡着了。找不见裁判，其中一位组织者上台宣布，80公斤级冠军宋博衍和75公斤级冠军范华阳的"世纪决战"，以平局告终。范华阳和宋博衍对这一结局，均表示不满意。

组织者说："你俩在台子上跟跑马灯似的，交手没有几次，把同学们转得头晕恶心了，还好意思继续比下去吗？"

两个冠军还想继续申辩，组织者又说："明天郑主任就回来了，你俩大牲口折腾一个通宵，肯定会被郑主任看出端倪。"

郑远桥从北京回来后，直接去了市公安局刑侦处，处长老姜是他公安大学的同学，两个人私交甚好。

老姜问郑远桥来干吗。

郑远桥说是来做实验的。

老姜问他做什么实验。

郑远桥说:"你总抱怨人手不够,手里挤压的案件太多,你把这些案件的卷宗全部给我,我们侦查系今年有二百一十三名应届毕业生,我把这些案件整理分配下去,让我的学生们成为侦破案件的主力。"

老姜听了哈哈大笑,问郑远桥是不是神经不正常了,刚毕业的小屁孩不去基层实习,上手就要破大案悬案疑案。

郑远桥说让毕业生去各个专案组实习,其实就是去跑腿打下手,对于学生成长毫无意义。

老姜说,让一群屁孩子没学会走路就去飞,你是存心想摔死他们。

郑远桥说:"把你手下有经验的老侦查员调出来,每人带一个学生专案组。我相信,破获一个案件,比他们实习一年两年有意义得多。"

老姜点上一根香烟,心里盘算着郑远桥的想法是不是可行。郑远桥走过去,把老姜手里的香烟夺过来,掐灭在烟灰缸里。

老姜问郑远桥："你就这么相信自己的学生？"

郑远桥打开公文箱，从里面取出一沓资料，递给老姜："这届毕业生里，有一群出类拔萃的家伙，尤其是这个宋博衍和范华阳，将来会成为警界不可多得的人才。"

老姜翻看着学生档案，顺手点上一根烟，如饥似渴地猛吸两口，又被郑远桥夺走掐灭在烟灰缸里。

老姜有些不耐烦，说："你管我一时半会儿不抽烟有屁用，你走了，我还不是照样一天三包烟。"

郑远桥笑着说："至少我不会吸你的二手烟。"

"世纪决战"结束后，范华阳卧床两天才恢复体力。起床后，范华阳拎着搪瓷缸子去学校食堂打饭，他已经饿得前胸贴后背，觉得再不吃东西就会虚脱。晚饭正赶上食堂蒸包子，猪肉白菜馅的，一斤包子八个，范华阳打了一缸子西红柿紫菜蛋花汤，买了二十个包子，十分钟便吃喝个精光。范华阳打一个满足的饱嗝，品着还没有被胃酸腐蚀的猪肉白菜馅味道，一副气定神闲。宋博衍从卖饭的窗口走过来，端着小山似的一盘子酱油炒饭，坐在范华阳对面，一句话没说，吭哧吭哧把一盘子酱油炒饭吃个干净。

吃完饭，宋博衍把盘子往旁边一推，问范华阳："出去喝一杯？"

两个人走出华南警官学院，左拐不到一站地，有一个专供学生消费的大排档。大排档周边，除了华南警官学院，还有华南体育学院和华南师范学院。宋博衍和范华阳在大排档边上找个座位坐下，两个人都吃了晚饭，只要了一碟油炸花生米和一碗豆腐泡，点了十瓶啤酒。

直到各自干掉四瓶啤酒，范华阳才开口说第一句话："你怎么敢肯定我会攻击你的左腿？"

宋博衍说："因为你比正常人多想一层。"

范华阳说："言外之意，你比我又多想一层？"

宋博衍说："我没有那么高深，只是我恰好了解你。"

范华阳说："我知道了，打败你，只需要少想一层。好吧，论鸡贼，我输你一筹。"

宋博衍笑了笑，把一杯啤酒喝干："诱你攻击我的左腿，我才有机会使出回马肘。断了鼻梁骨，肿了一只眼睛，你还能再跟我磨十五局比赛，论韧劲儿，你胜我一筹。"

两个人起了惺惺相惜之意，又叫了十瓶啤酒，举杯即干。二十个空酒瓶齐刷刷摆在桌子上，引得周围学生发出一片嗟叹之声。邻桌有一对男女学生，对坐着吃夜宵，从谈话内容判断，应该是华南师范学院的学生。男生擦着黑框眼镜，讲了一个不怎么好笑的笑话，把女生笑得前仰后合，长发甩来甩去把筷子都扒拉到桌子下面。

宋博衍已经带了八分醉意，他扭头对眼镜男生说："你泡妞能不能认真点，这笑话都烂大街了，幼儿园大班的小男孩都会讲。"

邻桌的眼镜男生脸色红一阵白一阵，想要反驳几句，又把到了嘴边的话生生咽了回去。正在尴尬之际，一个浑身上下穿耐克的男生走进大排档，耐克男生的身后呼啦啦跟着七八个小伙子，其中有一个大块头，看年龄和长相不太像学生。一帮男生径直走到对坐的男女生桌旁，耐克男生用手指着眼镜男生，问长发女生："你就是为了他离开我？"

长发女生站起身来，质问耐克男生："我们已经分手了哦，你想怎么样？"

耐克男生一副痞子相，用手揽着眼镜男生坐下来，眼睛盯着长发女生说："我想当着你的面，揍你男朋友一顿。"

长发女生气得满脸涨红："别以为家里有几个臭钱，你就为所欲为，这里不是原始丛林，是法制社会。"

耐克男生放肆地大笑着："法制社会？这个城市的法律顶不上我爸打一个电话，法律就是个妓女，有钱人能让法律脱得一丝不挂。"

眼镜男生感觉苗头不对，端着一杯啤酒，对耐克男生说："我们……就是普通的同学关系，不是、不是男女朋友。"

长发女生对眼镜男生很是失望，气得眼泪流出来。

耐克男生接过啤酒杯，直接浇到眼镜男生头上，对着身后一帮男生说："拖出去，揍一顿。"

宋博衍早就按捺不住，他刚要起身，却被范华阳一把按住。

范华阳小声对宋博衍说："那个眼镜男是个屎货，揍一顿挺好。"

宋博衍大概也有同感，便坐下身来，仰脖干了一杯啤酒。大排档边上，传来眼镜男生一声高过一声的惨叫。

　　耐克男生的气焰愈发嚣张，他站起身来，一把拉住长发女生："跟我走，今晚我让你去见识一下五星级酒店。"

　　长发女生使劲地挣扎："你还算是学生吗，简直就是流氓黑社会。"

　　宋博衍再也忍耐不住了，他起身，怒视着耐克男生："放开她。"

　　耐克男生歪着脑袋，把左侧耳朵对着宋博衍，并用左手在耳朵边做喇叭状："你大点声，我听不见。"

　　宋博衍提高了音量："放开她。"

　　耐克男生说："再大声，我还是听不见。"

　　宋博衍一记右勾拳打过去，正中耐克男生的左耳。

　　耐克男生摔倒在地，一个劲地甩着脑袋，嘴里嚷嚷着："我听不见了，我听不见了，啊……出血啦！"

　　看到大排档里有状况，外面的男生们放开眼镜男生，呼啦啦跑进大排档，把宋博衍和范华阳围住。

宋博衍对长发女生说:"你先去外面。"

耐克男生站起身来,用手擦着左耳朵流出来的血,脸色有些惊慌:"别让他跑了,他把我耳朵打聋了,我要让他拿命来偿。"

长发女生脸现忧色,对宋博衍说:"你不要管了,你不知道他的背景。"

宋博衍说:"我知道他是一个人渣就够了。"

接下来,大排档里一通乱战,吃夜宵的同学们纷纷闪避。乱战持续不到十分钟,七八个男生统统倒在地上呻吟,唯独那个方脸大块头还在跟范华阳和宋博衍苦斗。大块头是个打架不要命的主儿,板凳、马扎、酒瓶子,什么都敢往人脑袋上砸。宋博衍和范华阳虽说还站着,可头上、脸上、身上已经被啤酒瓶划开多处,鲜血汩汩地流。直到耐克男生叫喊着大块头,让他送自己去医院,双方这才罢手。

范华阳和宋博衍搀扶着往外走时,耐克男生扶着桌子站起来,问道:"有种的,把你们名字……名字报出来。"

宋博衍已经走出大排档,他转过身来,对耐克男生说:

"华南警官学院宋博衍。"

范华阳说:"范华阳。"

郑远桥把刑侦处的案件卷宗梳理一遍,根据每个学生的特长做了编组分配。其中有两起大案,一起是留仙湖抛尸案,两个三十岁左右男子身背哑铃,沉入湖底一个月左右才被发现打捞。另一起是凶杀案,一个叫Zeya的缅甸男人和两个手下,在本市一家五星级涉外酒店房间内被杀,现场遗留大量现金和毒品。这两起案件手段残忍,性质恶劣,案发将近一年时间,侦查工作走进死胡同。两起案件早已被新闻媒体披露出来,至今尚未破案,在市民中引起很不好的社会舆论。

郑远桥想让警官学院应届毕业生参与两起棘手大案,老姜听完,一边笑一边揶揄郑远桥:"好啊好啊,死马当作活马医嘛。"

郑远桥神色郑重地对姜处长说:"你可以藐视我的判断,

但是请你不要轻视这两个年轻人,范华阳和宋博衍肯定会超越我和你,不信就走着瞧吧。"

姜处长敷衍道:"你用四年时间培养出来两个神探?"

郑远桥很认真地回道:"这两块璞玉的瑕疵就是骄傲和肆意,如果遇到好的工匠,对他俩用心打磨,用不了几年便可光彩夺目。"

范华阳作为实习生组长,接手了留仙湖抛尸案。宋博衍带着另一组实习生,接手涉外酒店凶杀案。刑侦处几名老侦查员,分别留在这两起大案专案组做业务指导。老侦查员们乐得看笑话,把案情介绍完了,便坐等这些毛孩子们出洋相。范华阳和宋博衍也没有什么新花样,首先全组人员熟悉案情,阅读询问笔录,然后重新走访询问相关人员,争取找到目击者。范华阳把走访半径扩大了一倍,两个同学为一组,对留仙湖附近的村子挨家挨户走访。案发时,正好是夏天,晚上在留仙湖游泳的年轻人居多。范华阳叮嘱每一组人员,将每个村会游泳的年轻人和夜间捕捞的渔民,作为重点走访对象。案件侦破工作刚刚铺排开，范华阳便接到郑远桥的电话，让他立刻回学校。范华阳走进郑远桥的办公室，发现宋博衍已经在里面正襟危坐，还有校长和另外两个不认识的中年男人。

郑远桥脸色愠怒，他向范华阳介绍了两位中年男人，原来他们都是本市一流的律师。两位律师受被害人聂鹏委托，到华南警官学院来递交律师函，准备以伤害致残罪起诉范华阳和宋博衍，并状告华南警官学院负有连带赔偿责任。两位律师同时声称，华南警官学院免于被起诉的唯一办法，就是开除事主范华阳和宋博衍。

范华阳和宋博衍据理力争，坚称自己是见义勇为，惩罚不良学生。

校长很是生气，送走两位律师后，对范华阳和宋博衍说："见义勇为也不至于把人家打得耳膜穿孔，你们知道自己惩罚的不良学生是谁吗？他的父亲是省政协委员、富甲一方的华南木材大亨聂怀盛。"

范华阳和宋博衍只能暂时离开各自的专案组，忙着寻找当天晚上去过大排档的目击证人。他们首先找到眼镜男生，结果，眼镜男生竟然反诬范华阳和宋博衍酒后寻衅滋事。宋博衍想再揍眼镜男生一顿，被范华阳拦住，说这是一个打渣男遭天谴的年代。

接下来，两个人又找到几位当晚在现场的学生，众人的口径跟眼镜男生如出一辙，都说是范华阳和宋博衍喝酒喝多了，主动挑衅聂鹏。范华阳和宋博衍明白了，聂家拖延起诉这段时间，已经收买了事发当晚所有目击证人。两个人不约而同想到另一位当事人——长发女生。可长发女生却像空气一样，消失得无影无踪。两个人再次找到眼镜男生，眼镜男生说最近没有见过长发女生。

宋博衍对眼镜男生说："就算你俩不是恋人，可毕竟是同学，是相互有好感的同学，万一她遭遇什么不测，你的余生会心安吗？"

范华阳对眼镜男生说："聂家收买你做伪证，我们迟早会查证落实，到时候你是要负法律责任的。当然，我们也会放你一马。"

连威逼带恐吓,二人得知长发女生是华南师范学院历史系大四学生,叫蔡萧。事发后不几天,蔡萧就向学校告假回家养病了。宋博衍找到历史系主任,主任说蔡萧没有来学校告假,是她的一个亲戚拿着医院的病历来的。当天,范华阳坐上长途客车,去了红江,找到蔡萧家,发现蔡萧根本没有回家。蔡萧的父母有些紧张,范华阳安慰二老,说自己是华南师范学院的老师,前来走访即将毕业的学生,了解毕业生的家庭状况。

郑远桥顶住各方压力,坚持让范华阳和宋博衍回归专案组,并督促二人抓紧时间破案,证明自己的能力,争取能让学校网开一面。遭遇当头一棒后,两个磨刀霍霍准备大显身手的年轻人有点蔫儿。郑远桥鼓励范华阳和宋博衍不要轻易被打倒,要像"世纪决战"一样有勇有谋,还要有耐心。听到恩师提及"世纪决战",两个人不觉脸上一红,原来老师对他们俩的状况了如指掌。

时间过得很快,转眼一个月过去。由华南警官学院应届毕业生组成的十七个专案组，只有一个组的案件告破，是一个拦路抢劫的普通案件。郑远桥十分看重的宋博衍和范华阳两个重案组，案情依旧毫无进展。案情没有进展也就罢了，偏偏刑侦处的老侦查员们对范华阳和宋博衍意见还很大。范华阳的问题，是把事闷在心里，很少与大家交流意见。宋博衍的问题，是把所有事情都拎出来说，甚至经常在会上否定老侦查员们的建议。两个人的表现形式虽然大相径庭，可老侦查员们有一个共同反映：这两个人太傲，要吃大亏。

宋博衍的问题更多一些，据说他利用办案职权，天天泡在发案的五星级酒店的酒吧喝酒，经常喝到一身酒气回专案组开会。意见集中到郑远桥那里，郑远桥找来宋博衍谈话，问他怎么会有心思每天泡酒吧。

宋博衍说他不是泡酒吧，是在破案。

郑远桥说，没有哪个侦查员整天泡在酒吧里喝酒破案的。

宋博衍说："被害人Zeya和他的两个手下的尸检报告里，都提到含有大量的酒精，所以，我从他们入住酒店的酒吧入手查起，这个侦破方向没有错呀。"

郑远桥问道:"你查到有效的线索了吗?"

宋博衍说:"我在酒吧里找到了曾经进入过案发现场的人。"

郑远桥说:"别跟我卖关子。"

宋博衍说:"是!酒吧里的调酒师说Zeya在酒店里住了一个礼拜,几乎天天晚上在酒吧里喝酒,有一个女人陪他们一起喝酒,那个女人叫艾利,经常在这个酒吧里泡外国人,谈好价格后直接上楼。"

郑远桥问:"你找到艾利了?"

宋博衍说:"找到了,但是艾利说那天晚上,她的生意被另外两个女人抢了。"

郑远桥皱起眉头:"另外两个女人?"

宋博衍说:"是的,艾利在这家酒吧混了三年,从来没有见过那两个女的,她们是案发那天晚上才出现的,之后就消失了。"

郑远桥说:"你赶紧说重点。"

宋博衍说:"那天晚上,本来是艾利陪着Zeya三个人在喝酒,这两个女人突然冒出来,据说长相和气质都比艾利好,

Zeya非常好色,马上撇下艾利,跟两个美女一直喝到晚上十二点,随后就一起上楼了。"

郑远桥问道:"那两个女的有线索吗?"

宋博衍说:"艾利手下有一个姐妹说,其中一个女的像是乔总的情人。"

郑远桥问道:"乔总是亚合联华的乔总?"

宋博衍点点头:"很可能是聂怀盛手下得力干将乔梁,但是没有查到乔梁的情人。不过,艾利听到Zeya提及另外一个信息,我觉得很重要。"

郑远桥问:"什么信息?"

宋博衍说:"Zeya说自己是做木材生意的,艾利说木材生意做得最好的是本省首富聂怀盛,Zeya听了哈哈大笑,说自己就是聂怀盛的老板。"

郑远桥说:"从缅甸进口木材夹带私货,房间里的毒品应该就是这么进来的,如果是通过缅甸涉毒,我带你去缅甸找一个人,没准会有意外收获。"

宋博衍的进展让郑远桥颇感得意，这是公安部确定的年度要案，老姜他们拿出全部得力人员搞了半年，没有丝毫进展，自己的学生接手一个多月，居然挖掘出来一条这么重要的线索。郑远桥驾车出了市区，赶往留仙湖，他要跟范华阳做一次沟通。对于两位爱徒，本不该分远近，但是，郑远桥喜欢宋博衍多一些，他觉得宋博衍身上有浓浓的人情味。范华阳更像一个执行力无敌的机械斗士，韧劲十足且穷追不舍，郑远桥觉得他很像《悲惨世界》里的警察沙威，捍卫法律的决心没的说，但是总觉得范华阳身上缺少点什么。

留仙湖距离市区七八十公里，四面环山，交通不是很便利。最后一段将近十公里的土路，碰到下雨天，便泥泞不堪。留仙湖周边有五六个自然村落，人口也不是太多，来此地休闲旅游的人甚少。范华阳主导的专案组下了狠功夫，把留仙湖周边的村子，像过筛子一样，对常住人口过了一遍。刑侦处一位驻组的老侦查员，对此举很是不屑，说走访、排查、摸底是案件侦破的基础工作，这些早就做过了。

范华阳不管这些，他按照自己的思路布置工作。两周过后，一位在外打工的年轻人反映的情况，引起范华阳的注意：去年7月中旬的一个晚上，他和同村另外一个年轻人在留仙湖游泳，看到湖边停着一辆白色皮卡车，但是没有看见车里有人。等他们游到湖中心的时候，回头看到白色皮卡车车灯亮了，然后开走。当时，忽然下起了大雨，两个年轻人就游回岸边，然后回家睡觉了。第二天，这个小伙子骑着摩托车进县城，在距离留仙湖不远的土路边上，看见白色皮卡车冲下土路，陷在农田里，小伙子停下摩托车察看，车里没人。因为事情有点蹊跷，小伙子留意了皮卡车车门上的字，上面写着"富通国际贸易公司"。

郑远桥听完范华阳的汇报，问道："这条线索追下去没有？"

范华阳说："我去了富通公司查找车辆，公司说车辆报废销户了，车管所的档案上显示，这辆车才使用三年，去年夏天冲进农田是一个小事故，不可能导致车辆报废。"

郑远桥问道："富通国际贸易公司是做什么贸易的？"

范华阳说："这家公司做的是木材贸易，您猜猜这家公司的幕后老板是谁？"

郑远桥说："聂怀盛？"

范华阳说:"是的,富通国际贸易公司是亚合联华集团的子公司,而亚合联华是聂怀盛一手创办的经济帝国。"

郑远桥盯着范华阳的眼睛:"事情竟有这般巧合,你俩喝了酒管闲事,打伤了聂怀盛的儿子,聂家把你俩起诉到了法院,开庭在即,你俩各自负责的案件,线索居然同时指向了聂怀盛?范华阳,你和宋博衍拿我当傻瓜呢?"

范华阳很是吃惊:"涉外酒店凶杀案也跟聂怀盛有关系?"

郑远桥说:"目前还不确定,因为我现在不能确定你和宋博衍的破案动机。"

范华阳说:"就算我俩不谋而合,有反戈一击的不良动机,那也得符合我俩的智商。"

郑远桥嘘出一口气:"说的也是,你俩要是犯这么低端的错误,也太给我这个老师丢脸了。"

郑远桥脸色一正,继续说道:"抛尸案确定被害人遇害的大概时间是7月中旬,与涉外酒店凶杀案的案发时间7月13日基本吻合。从"7·13凶杀案"的遇害者Zeya的入关记录来看,当天他们一行应该是五个人,所以,留仙湖被抛尸的两个遇害者，很可能也是Zeya的手下。如此看来，这两起案子有必要合并。"

华南警官学院顶住压力，并为范华阳和宋博衍聘请律师，以便两个人能够把全部精力投入到案件侦破中。范华阳的"留仙湖抛尸案"专案组撤回市里，与宋博衍的"7·13凶杀案"专案组合并成一个组。郑远桥把范华阳和宋博衍找来，说市局领导听了汇报之后，再三叮嘱要慎重办案，要把证据落实了。

郑远桥端起杯子，喝了大半杯老树普洱，接着说："两起大案的侦查方向如果都指向聂怀盛，这才是久侦不破的症结所在，怪不得刑侦处的老滑头都消极怠工，都是不想蹚浑水呀。"郑远桥停顿一下，转过头来对范华阳和宋博衍说道："但是，你们俩没有退路，于公于私都得顶上。于公，侦破两起性质恶劣的凶杀案，把犯罪分子绳之以法。于私，破案立功，争取学校不给你们俩处分。严格意义上来说，你们俩还没有正式的警察身份。这两起案子的幕后黑手如果真的是聂家，你们面临的阻碍将是巨大的，这一点要有充分的思想准备。现在已经有人在看我们的笑话了，说我们敢碰聂家，是自寻死路。"

五

聂怀盛是省政协委员，在政商两界都是有头有脸的人物，在华南提起聂家的财富，连卖菜的小商贩都知道聂家的阿姨是开丰田轿车来买菜的。聂家经营木材起家，木材生意垄断西南三省。聂怀盛跨足政界之后，开始涉足房地产，接连拿下省会城市三块最好的地盘，准备打造华南的标杆性高档社区。聂怀盛在华南是一个传奇人物，传说他自小家境贫寒，原本兄妹五人，困难时期饿死一个哥哥和一个妹妹，没过几年，两个哥哥又意外离世，聂家最后只留下他一根独苗。早年间，聂怀盛跟着社会上一些不三不四的人瞎混，后来自己开始倒腾木材，渐渐把生意越做越大。

除了聂鹏之外，聂怀盛还有一个女儿，叫聂冉。聂冉是聂鹏的姐姐，在美国读大学，今年刚刚大学毕业回国。聂冉是自己坚持要去美国读书的，聂怀盛本舍不得女儿走那么远，可是架不住女儿犯了倔劲儿，一个礼拜没有跟他说话，当爹的便受不了了。聂怀盛最终亲自把女儿送到美国，留下女儿的同时，他还给女儿留下一张六位数的美金银行卡，生怕聂冉受委屈。知情人都说，聂怀盛不怕省长，但是怕女儿。

聂冉四岁的时候，妈妈刚刚生下弟弟，便得了抑郁症，跳楼自杀了。爸爸担心后妈会慢待两个孩子，一直没有续弦，只是从老家请来一位远亲做保姆，照料姐弟二人衣食住行。

聂冉是个书卷气十足的女孩，身上兼具传统和时尚之美，这些气质的养成得益于聂怀盛的发迹。聂怀盛倒腾木材赚钱后，开始买房子搞装修，为了装点门面，他在家里弄了一个很大的书房。书房装修竣工是秋天，正好赶上秋季书市最后两天，大多数书籍论斤卖。聂怀盛用公司拉木材的货车，拉回家三千多斤中外名著。三千多斤中外名著，码满了书房三面墙壁。三千多斤书，聂怀盛一斤没有读过，倒是让酷爱读书的女儿受益，聂冉把书房里三千多斤中外名著读了一个遍。读书多了，聂冉越发看重精神世界的丰足，对于父亲是不是有钱倒也无所谓。聂冉是个善良的女孩，读高中的时候就悄悄地资助班里两个家境贫困的同学，从学费到生活费，从零食到衣服，自己有的，两位同学也都有。资助就资助吧，聂冉生怕两位同学面子受损，她在学校里异常低调，在两位同学面前，更是谨言慎行，生怕哪句话伤害到她们的自尊心。高中三年，没有同学知道聂冉的爸爸是谁，都以为她是一个家境尚可的善良女孩。从高二开始，她的生命几乎全部用于高考倒计时，学校拼命渲染和放大高考的压力，剥夺了她读课外书的时间。高三的下半学期，聂冉已经厌倦了学校里营造的备战高考的气氛，她向父亲正式提出去美国读大学。去美国读大学的大多数理由，是父亲听不明白的。聂冉觉得国内教育体系里缺乏对人的关爱，例如所有中国小朋友都会的一首儿歌：一二三四五，上山打老虎，老虎不在家，打到小松鼠……她觉得这样的儿歌充斥着鲁莽和暴戾，既没有教会小朋友躲避比自己强大的老虎，也没有教会小朋友保护比自己弱小的小松鼠。

  聂冉在美国大学读书期间，认识了一个白人小伙子，叫麦克，她戏称他为麦克白。麦克白喜欢打篮球，也喜欢性爱。喜欢打篮球，是因为大学里的篮球男生最吸引女孩。喜欢性爱，是因为不肯辜负打篮球吸引来的女孩。麦克白把聂冉吸引来后，没有超过一个礼拜，就想跟她上床。聂冉读了三千多斤阳春白雪的中外名著，把爱情看得无比神圣，她义愤填膺地拒绝了麦克白的要求。头一回遭遇拒绝的麦克白，非但没有死心，反而在情场上燃起了球场上的进取斗志，开始对中国女孩死缠烂打。出身上流社会，从小受到贵族精神熏陶，使得麦克白在追求聂冉的过程中，始终保持着绅士的理智，没有霸王硬上弓。

　　希望一情定终身的聂冉，觉得自己的第一次一定要留给自己的丈夫。麦克白只是相互有好感的同学，到恋人，到丈夫，还有相当长的一段距离。一个想要，一个不给，这样的拍拖状态持续一年半之后，麦克白终于失去了耐心，提出分手。已经矜持成性的聂冉，虽然觉得失落，但也没有妥协。分手就分手吧，偏偏麦克白的同学多事，让他谈谈跟中国女孩上床的感受。麦克白倒也诚实，说自己压根就没有碰过聂冉。同学们开始取笑麦克白，说他有可能被中国女孩搞"弯"了。悲愤之下，麦克白也道出了自己一直以来的疑虑：他怀疑聂冉是同性恋。

自此,学校里开始盛传,静若处子的中国女孩聂冉是同性恋。接下来的两年,聂冉在世界各地不同肤色女同学的不断骚扰中,完成了她的学业。

自美国回来之后,聂怀盛也觉察到女儿的状态不对劲儿,便让聂冉不要急于规划下一步,先在家里静养一段时间。为了哄女儿开心,聂怀盛托人从欧洲重金购买了一辆玛莎拉蒂限量版跑车,送给女儿作为生日礼物。聂冉不忍心拂了爸爸一番好意,苦笑着接过车钥匙,心中不免暗自感慨:世间男子竟无一人懂我。

聂冉闲来无事,每日里只好开着玛莎拉蒂去滇湖边发发呆,每周去两次儿童福利院,帮忙照看一下残疾孤儿。一个周末晚上,聂怀盛很晚才回家,身后带着两个身着西装的彪形大汉。聂怀盛神情有些严肃,他让保姆上楼把聂冉和聂鹏叫下来,当着姐弟两个人的面,把两个彪形大汉介绍了一下,长脸的叫岩罕,方脸的叫阿灿,让岩罕跟着姐姐,阿灿跟着弟弟,自即日起，寸步不离。聂冉和聂鹏双双反对，都说自己不需要保镖。

聂怀盛突然声色俱厉："不带保镖，谁都不许离开这个家半步！"

姐弟二人吓蒙了，两个人从未见过父亲发这么大脾气，只有乖乖听命的份儿。接下来的日子里，岩罕和阿灿与聂家姐弟俩形影不离。聂冉不喜欢身后跟着一保镖四处乱逛，她几乎不出门，除了去儿童福利院之外。聂鹏倒是挺上瘾，他本来在大学里就有一帮吃他喝他的同学围绕着，现在后面又跟着一个大块头保镖，煞是威风。聂鹏初以为，阿灿是爸爸安排在自己身边的眼线，监视自己不要玩得过火。但是爸爸那天晚上突然发飙，让他隐隐觉得有某种潜在的危险。尤其是踏实本分的姐姐，爸爸也要硬塞一个保镖在身边，让他越发觉得事情不简单。聂鹏原先是住校生，自那晚之后，爸爸叮嘱阿灿，每天晚上都要把聂鹏接回家来住。保镖陪伴上学，每天早晚接送，这样的日子过了大半年，什么事儿都没有发生，聂鹏原先绷紧的那根弦儿放松下来。就在这个当口，发生了大排档群殴事件，聂鹏的左耳被人打得耳膜穿孔。聂怀盛得知儿子被打，急忙把阿灿叫来，他没有一句话是责怪阿灿的，只是详细询问了对方的情形。得知对方只有两个人，而且是华南警官学院的学生，聂怀盛才放下心来。他先是找来律师，让律师出面，狠狠整治华南警官学院两名打架的学生，底线是不要任何经济赔偿，只要对方承担刑事责任并开除学籍。随后，聂怀盛叫来总经理乔梁，让他安排人，卸掉阿灿的一条腿，免得他以后还做保镖误事。

聂冉只知道弟弟在外面打架，耳膜被打成穿孔，并不知晓背后还有这么多血腥故事。她依旧每周去两次儿童福利院，带着保镖一起给孩子们洗澡，陪孩子们玩游戏。生活中唯一有点变化的是福利院多了一位帅哥义工，他也是每周一周四来福利院。院长介绍过他和聂冉认识，小伙子英文名字叫皮特，人如其名，潇洒劲儿一点不输好莱坞影星布拉德·皮特。皮特不仅人帅个高，对孩子们也极有耐心，总是主动为几个高残不能自理的孩子洗澡。更让聂冉开心的是，皮特知道她的生日，还送了她一份礼物，一个奎特娃娃玩偶。

聂冉问皮特:"你怎么知道我的生日?"

皮特说:"院长那里有每位义工的登记资料。"

聂冉脸色一红,低头摆弄奎特娃娃,心中早已翻倒了蜜罐子。不得不承认,她心里很喜欢富有爱心的皮特。而且,皮特很有礼貌,不像她身边的那些粗鲁男人。皮特看高残孩子的眼神里,充满了怜悯,如果心里没有爱,那种神色是装不出来的。聂冉的内心正在上演芳心萌动的戏码,皮特便及时发出邀请,说是北京路上刚刚开了一家傣菜馆,问她有没有兴趣共进晚餐。

这世界上,哪个女人能够禁得住高大帅气又有爱心的男人的邀请呢。

两个人走出儿童福利院大门,岩罕赶忙迎上来。聂冉脸色有些不自在,她让岩罕自己先回去,说她要在外面用晚餐。

岩罕一脸紧张,说要跟着聂冉。

聂冉面带愠色:"请你尊重一下我的个人隐私好不好?"

突然,岩罕噗通一声跪在聂冉面前,带着哭腔道:"聂大小姐,您就别为难我了,我是家里的独生子,还有爸爸妈妈需要我照顾，我可不想成为第二个阿灿呀。"

聂冉窘迫地看一眼身边的皮特，脸色涨得通红，她弯下腰把岩罕搀扶起来，问道："阿灿怎么了？"

岩罕吭哧半天，嗫嚅着："阿灿……有些事情，我真的不敢说，请您体谅我们做下属的。"

看到一脸诚惶诚恐的岩罕，聂冉不忍心再去逼问，却又不甘心他跟着自己和皮特去晚餐，只好尴尬地站在儿童福利院门口。皮特倒也善解人意，他对聂冉说不碍事，人多吃饭热闹。

岩罕急忙摆手："我不敢跟你们一起吃饭，你们尽管吃你们的，我会在一个不起眼的地方候着，你们就当我不存在好了。"

六

范华阳把专案组撤回市里，给同学们放了一天假。第二天，重新集结的专案组兵分三路：一路去往车管所，收集全市备案的二手白色皮卡车档案；一路前往汽车报废厂，调查自案发后销毁的白色皮卡车的录入信息；第三路由范华阳亲自带队，前往本市几个黑车交易市场，调查案发后交易过的白色皮卡车。第三路的侦查员有疑问，觉得白色皮卡车已经报废，怎么可能产生交易。

范华阳解释说，一辆刚刚使用三年的车，汽车报废厂任何一个环节都有可能做手脚，窜改报废车辆的发动机号和底盘号，重新进行交易并使用是大有可能的。

果不其然，三天后，范华阳便从市郊一个镇办电镀厂里起获了富通国际贸易公司报废的白色皮卡车。如其所料，车在报废厂被偷运出来，经过地下二手车市场卖出。范华阳找到一家可靠的汽修厂，在两个汽修工协助下，将白色皮卡车肢解开来，寻找死者可能渗透在螺丝或者轴承里的血液痕迹。留仙湖打捞上来的两名死者身上都有致命刀伤，如果白色皮卡车是作案车辆，车上不可能不留下线索。经过连续两天两夜的筛检，终于在白色皮卡车左后轮减震弹簧上提取到血液痕迹。范华阳急忙将提取物样本送刑侦技术中心核检。

送检路上，范华阳接到郑远桥的电话，约他晚上七点在郝菊花过桥米线店见面。

范华阳赶到郝菊花时,郑远桥和宋博衍已经吃上了米线。郑远桥的口味偏清淡,碗里只放了一点香菜和小葱调味。宋博衍的海碗里漂着一层厚厚的红油,辣得鼻子尖上聚了一片细密的汗珠儿。看到范华阳进来,郑远桥让服务员再上一份米线。范华阳和宋博衍属于学生身份,没有工资,办案经费实报实销,所以每遇消费,都是郑远桥买单。

范华阳对服务员说:"多加一份牛肉。"

宋博衍吸溜溜把一根米线嘬进嘴里,嘴唇沥出红色的辣油滴回海碗中,他抬起头对范华阳说:"真鸡贼,我怎么没想到……服务员,再来一碗米线,多加一份牛肉。"

范华阳对服务员举起三根手指:"再来三碗,都要双份牛肉。"

郑远桥佯作忧虑状:"以后都在学院食堂开碰头会。"

比范华阳早吃完一碗米线,宋博衍掏出一盒中华烟,抽出一根来自己点上,惬意地吐出一个烟圈。

郑远桥斜睨着餐桌上的中华烟,说道:"案子没破,坏毛病倒是长了不少,这还抽上中华了。"

宋博衍干笑一声:"朋友送的。"

宋博衍抓起桌子上的中华烟,准备往口袋里装,却被范华阳劈手夺过去。

范华阳说:"既然有朋友送烟,这盒就归我了。"

郑远桥招呼服务员收走碗筷,并对范宋二人说道:"赶紧汇总一下各自案情的进展。"

宋博衍坐直身子:"我先说吧。我在官渡发现一栋聂怀盛的别墅,别墅表面看起来很安静,但是二十四小时都有人看守,还有人往里面送盒饭,从盒饭数量到进出别墅的人数来算,这里面应该关押着一个人。"

郑远桥问道:"关押着谁?"

宋博衍说:"凭我的直觉,应该是蔡萧。"

郑远桥说:"你不能凭直觉办案,说说你的情报来源。"

宋博衍迟疑一下,说道:"是聂怀盛的女儿聂冉带我去的,本以为那栋别墅里没有人,结果发现住着好几个人。接下来,我派人监控了那栋别墅。"

范华阳说:"等等,你跟聂怀盛的女儿本来想去一栋没有人的别墅……这是几个意思?"

宋博衍瞪了范华阳一眼:"碍你屁事。"

范华阳嬉笑道:"只要是与案情相关,就算是屁事,我也得了解一下。"

郑远桥脸色略显凝重,他对宋博衍说:"感情是逻辑的天敌,你若是把个人情感掺和进案件里,那就太愚蠢了。"

宋博衍冲着郑远桥辩解道:"我不惜牺牲色相办案找线索,老师非但不表扬,还在这儿埋汰我,公平吗?"

郑远桥冷冷地说道:"聂怀盛能够建构一个商业帝国,其智慧和谋略绝非等闲之辈,你自作聪明私下接触他的女儿,这是在火中取栗,太冒险了。"

范华阳趁火打劫道:"富贵险中求嘛,怪不得抽上中华烟,敢情是傍上豪门大小姐了,嘿嘿!这凶杀案没准能办成喜案。"

宋博衍怒目圆睁:"你放屁!"

突然,范华阳的手机铃声响起,他冲着宋博衍说:"稍等，你再放。"

郑远桥摇了摇头："你俩怎么就像长不大的孩子呢。"

范华阳很快接完电话，他看了一眼郑远桥和宋博衍："皮卡车上提取到的血迹，跟留仙湖沉尸死者完全吻合，我们该收网了。"

郑远桥说："我们距离聂怀盛还很远，现在收网非但摸不到聂怀盛，而且很可能反被其伤。"

范华阳问道："我们就这么坐着干等？"

宋博衍说："聂家已经起诉我和范华阳，我们应该在法院开庭之前出击。"

郑远桥说："再找一个突破口，突破口越多，他的堡垒就越容易被攻陷。"

华南的春天来得比较早，冬樱花刚刚凋谢，红嘴鸥便飞来了，热闹的喧嚣一波接着一波。恰逢周一，百无聊赖的聂冉约了皮特，一同去滇湖喂红嘴鸥。这一回，岩罕没有跟来。

皮特打趣问道："你的保镖去了哪里？"

聂冉说:"经过多次抗议,我爸爸把保镖撤了,想我一个清清白白的小女子,整天有一个保镖跟着,真是怪怪的。"

皮特说:"每一个父亲都想给女儿最好的保护,免得被坏男人欺负。"

聂冉笑着问皮特:"也包括你这样的坏男人吗?"

看着聂冉如花般的笑靥,皮特忍不住伸出胳膊将她揽入怀中。聂冉乖巧并顺从地依偎在皮特胸前,两人像一幅经典的爱情画卷,怡人又养眼。皮特和聂冉已经跨过男女关系最重要的一步,就在前天周末。两个人约了周末晚餐,在兰巴赫西餐厅用完晚餐后,皮特送聂冉回家。红色的玛莎拉蒂开到聂府别墅前,皮特准备下车,却被聂冉一把拉住手。两个年轻人四目相对,眼神里瞬间迸出激情的火花。

聂冉微微有些脸红,她轻柔地对皮特说:"抱抱我……好吗?"

这一抱便纠缠了半个钟头,直到两个人气喘吁吁,几近不能自制。

皮特从聂冉嘴里拔出舌头,问道:"我们去开房?"

聂冉娇羞地点点头,然后叮嘱道:"去香格里拉吧,那里的早餐咖啡不错。"

皮特说:"我喜欢官渡那边的风景,早晨可以看见敞亮的阳光,可是那边没有太好的酒店。"

聂冉突然打开车门,对皮特说:"稍等我一下,我回家拿点东西,马上出来。"

聂冉进入别墅待了不到五分钟,便旋风般地回到车中,并对着皮特晃了晃手里的一串钥匙,说:"我家在官渡有一套别墅,早就装修好了,一直没有人住,我们今晚住那里。"

半个小时后,红色玛莎拉蒂开进官渡别墅区。在打开别墅的厅门后,聂冉忽然闻到一股香烟的味道,她自言自语道:"肯定是我弟弟来过,这股子烟味儿……"

皮特不等聂冉打开窗户,便把她拦腰抱起来,上了别墅楼梯。循着光线柔和的夜灯,皮特把聂冉抱进走廊最里面的卧室。两个火烧火燎的年轻人双双摔倒在床上,一阵狂热的亲吻之后,他们将对方的衣装剥得所剩无几。皮特是个中老手,单手熟练地解开聂冉胸罩后背的挂扣。接着,他用手拉下聂冉的无痕短裤，挂在自己的脚趾上，长腿一蹬，顺利地褪去女孩身体上最后一丝遮挡。当皮特掰开聂冉僵硬的两腿时，感觉到她迫切期待的呼吸声与她的身体有一种极不协调的紧绷感。

皮特问道："多久没有性生活了？"

聂冉嗫嚅道："我……是第一次。"

皮特递过来一把碎面包屑，聂冉接在手里，冲着头顶上空逡巡的红嘴鸥扬撒上去。红嘴鸥呼啦啦地飞聚过来，有的鸟儿的翅膀甚至碰到聂冉的头发，惹得女孩既紧张又兴奋。望着聂冉涨红的笑脸，皮特内心有一丝隐隐的不安，他回想起前天晚上在官渡别墅的一幕：趁着聂冉熟睡之后，皮特悄悄起身下楼。他顺手从酒柜里拎出一瓶红酒，拿在手里当武器，转身朝地下室走去。刚才进门的时候，他比聂冉更早地嗅到香烟味儿，并看到通往地下室的门虚掩着，便知道蹊跷在地下室。进入地下室，夜灯不甚明亮，皮特伸手打开墙壁上的电灯开关。就在亮灯的瞬间，一个男人架着一个长发女子的身影迅速闪过地下走廊。

皮特喝问一声："是谁？"

地下走廊又出现另一个男人，正是长脸岩罕。岩罕冷着一张长长的马脸，问道："皮特先生到地下室干吗？"

皮特举起手中的红酒瓶："哦，我找开瓶器。"

岩罕拾步走上楼梯，边走边说："开瓶器在厨房里，我带您去找。"

皮特只好转身上楼，岩罕紧跟在他的身后。在别墅的厨房里，岩罕找到一把海马刀，丢给皮特，脸上的神色依旧是冰冷的。皮特接过海马刀，熟练地开酒封，拧木塞，打开红酒。皮特摘下两只倒挂在酒杯架上的红酒杯，斟了半杯红酒递给岩罕，岩罕摇了摇头，说自己不喝酒。

皮特坐在餐台的吧椅上，小酌一口红酒，说道："我还以为这栋别墅里没有人。"

岩罕瞅了一眼地下室，说道："我们在附近的公司加班，太晚了回不了城，就在地下室过夜了。"

是的，皮特就是宋博衍。

一只贪吃的红嘴鸥落在聂冉手上，啄食她手里的面包屑，惹得聂冉发出一长串爽朗的笑声。宋博衍刚刚点上一支香烟，便听到手机提示音，他打开手机发现是郑远桥发来一条短信：三天后法院开庭，准备应诉。

七

范华阳征得郑远桥同意，依法传唤富通国际贸易公司法人乔梁。亚合联华集团是富通国际贸易公司的母公司，董事长是聂怀盛，乔梁是总经理。乔梁是跟随聂怀盛一起创业的元老，是聂怀盛商业帝国的二号人物，统管日常商务运营。有人说乔梁是聂怀盛的左膀右臂，对聂怀盛死心塌地。也有人说，乔梁才是亚合联华集团真正主使，他早已把董事长聂怀盛架空。不管哪种说法是真的，传唤乔梁相当于动了聂怀盛，郑远桥和范华阳心里十分清楚。郑远桥担心范华阳经验不足，亲自参与了对乔梁的审讯。

乔梁中等身高，略瘦，微秃，长了一张不笑不说话的小圆脸，脸上的五官也是平淡无奇。审讯是从半夜时分开始的，被关了十几个小时的乔梁倒也平静，他面前的烟灰缸里已经装满烟蒂，烟灰缸外却不见一点烟灰。郑远桥和范华阳走进审讯室的时候，乔梁刚刚掐灭一个烟蒂，眼神中露出一丝中年男人常有的倦态。

郑远桥示意看守的警察倒掉烟灰缸，并对乔梁说道："你的烟瘾太大了，应该戒烟，不到五十岁戒烟，身体机能还有可能恢复。"

乔梁友好地笑了笑："快三十年烟龄了，不容易戒掉的。"

郑远桥说："香烟不像是毒品有那么大的危害，只是心理上瘾，只要有恒心，肯定戒得掉。"

范华阳不由得暗暗佩服老师，随便切入一个话题，既能体现出对人的关爱，又能引入主题，这些高级的谈话技巧必须耳濡目染才能切身体会。范华阳展开笔记本，还没写两个字，手机便振动起来，他打开手机，看到是宋博衍发来的短信：抓紧时间突破，我们一旦在法庭上败诉，连警服都穿不上了。

范华阳在短信里回复道：少安毋躁，正在审讯中。

郑远桥和乔梁继续不疾不徐地聊着天，状态颇像两个相识不久却又很健谈的人在闲聊。在此期间，范华阳起身两次出去抽烟。因为老师郑远桥刚刚跟乔梁聊了抽烟的危害，他怎么好意思当着老师的面抽烟呢。

范华阳第二次抽完烟回到审讯室，已经是早晨五点钟，整整一个晚上，三个男人没有打一个哈欠，说明大家的注意力都很集中。

郑远桥放下保温杯，突然直截了当地问乔梁："刚刚使用了三年的白色皮卡车为什么着急报废？"

乔梁说："那么大的公司，一辆国产皮卡车报废这种小事，怎么会到我这里呢？"

郑远桥凝视乔梁良久，问道："到不了你那里，你怎么知道是辆国产皮卡车？"

范华阳接着郑远桥的话说道："因为你们公司不仅有国产皮卡，还有两辆进口的福特皮卡。"

乔梁沉默一会儿，用手指着桌子上的烟盒，并用眼神征询郑远桥。郑远桥伸手把烟盒推向另外一侧，拒绝了乔梁抽烟的要求。乔梁眼神一黯,宽大的额头上渗出细密的汗珠儿。范华阳心中暗自为郑远桥喝彩,他觉得老师进退得当,多一分则盈,少一分则亏,每一步做得都恰到好处。

郑远桥打开保温杯,往盖子里倒了一杯浓浓的普洱茶,而后起身从门口的桌子上拿来一只纸杯,斟满一杯普洱茶,递给乔梁。

郑远桥重又坐下来,端起保温杯盖子,轻轻呷一口茶,说道:"别抽烟了,喝茶吧,对你的身体有好处。"

乔梁端起纸杯,喝了一口郑远桥的普洱茶,像是在自言自语:"我也喜欢熟普。"

郑远桥把杯盖里的茶水一饮而尽,悠悠地说:"世界上的第一杯熟普,肯定不是拿来当茶喝的,而喝它的人也应该知道茶坏了,因为正常的茶不应该是这样的味道,也不应该是这样的汤色。可世间事偏偏就是这么诡异,发霉发酵的坏茶喝下去后,竟然诞生出一个全新的派别普洱茶。纳豆、酵素水、臭豆腐、臭鸡蛋、臭鳜鱼都属于此类,由好至坏,再由坏涅槃成美味的食物。所以,简单的吃吃喝喝也应该保有一种辩证的哲学观。"

郑远桥又给乔梁倒了一杯普洱茶，不紧不慢地接着说道："这个世界上的很多矛盾其实不应该成为矛盾，例如人类最激烈的矛盾是战争，可绝大多数人是不需要战争的，战争只是少数政客和野心家绑架普通人的手段。我们作为普通人身处其中，只不过是野心家的棋子和炮灰，我们唯一的价值就是被利用，被牺牲，被消灭。"

乔梁喝完杯子里的茶，用手捏扁纸杯，并在手里来回揉搓着。郑远桥似乎颇有耐心，他起身又取来一只纸杯，倒满茶后放在乔梁跟前。

乔梁把手中捏瘪的纸杯拍在桌子上，突然对郑远桥说："你的话外之音我全懂，我想知道……我坦白之后，是不是可以戴罪立功？"

郑远桥说："只要在法律框架范围之内，配合我们的侦查工作，若有重大立功表现，完全符合将功补过的政策。"

乔梁使劲吞咽下一口口水："我也有条件。"

郑远桥问道："什么条件？"

乔梁说："在你们没有确凿证据扳倒他之前，你们不能给我录音，也不能做讯问笔录。"

郑远桥思索片刻，说道："我知道你有害怕被打击报复的顾虑，这样吧，我们先聊聊看，我要看你给我撂了什么。"

乔梁看了范华阳一眼，对郑远桥说："我只会跟你一个人聊，其他人我信不过。"

郑远桥说："这不符合司法审讯程序。"

乔梁说："那就不谈了。"

郑远桥抿了一口茶，用眼神示意范华阳出去。范华阳脸上露出兴奋之色，屁颠屁颠地走出审讯室。坐在审讯室外面的台阶上，范华阳一手掏手机，一手掏香烟，点烟之际给宋博衍发去一条短信：撂了！

天亮时分，宋博衍赶到审讯室，跟范华阳一起坐在台阶上等老师郑远桥。两个人抽完一包烟，审讯室的门才打开，郑远桥一脸倦态走出来。

宋博衍急吼吼地问道："老师，这回该收网了吧？"

郑远桥望了一眼初升的朝阳,悠悠地说:"理论上是该收网,可我们手头上没有一个实锤是能够直接击倒聂怀盛的。"

范华阳说:"收网后才知道收成,才有足够的实锤。"

宋博衍问道:"乔梁没有撂出聂怀盛?"

郑远桥说:"撂了,但是撂得有点出乎我的意料,而且只是我们两个人的私人谈话,我想再抻一天,拿到一份乔梁的口供笔录再收网。"

范华阳说:"我们不拿下聂怀盛,乔梁肯定不会在口供笔录上签字的。"

宋博衍说:"今天不动手,我和范华阳明天就得上法庭应诉。"

郑远桥把保温杯塞进公文包,说道:"聂怀盛有省政协委员的身份,我先去一趟市局,让局长跟省委领导汇报一下,你们俩准备好人手,等我的消息。"

郑远桥一离开,范华阳和宋博衍便分头打电话,通知各自专案组协同特警队快速集结,等待郑远桥的行动指令。布置完毕,突然有两个中年男人闯进来。其中一个戴金丝框眼镜的男人气势骄横，他掏出一张名片递给宋博衍。宋博衍看到名片上的名字是邱松，身份是亚合联华集团法务部主任兼首席律师。

邱松推了推塌鼻梁上的金丝框眼镜，对宋博衍和范华阳说道："警方传唤我们集团的乔总已经超过二十四小时，你们如果还不放人，我们将向法院起诉。"

宋博衍把邱松的名片扔在地上，说道："乔梁涉嫌犯罪，我们准备对他办理收审手续。"

邱松掏出手机，一边拨打电话一边说道："在律师没有看到收审手续前，你们警方已经涉嫌非法拘禁公民。喂！是司法局梁局长吗……"

范华阳把宋博衍拉到一边，小声嘀咕道："老师那边怎么还没有动静？"

宋博衍掏出手机来："我给老师打电话。"

宋博衍拨通郑远桥的手机，手机一直处在等待接听状态。宋博衍拨打第二遍的时候，终于有人接听手机，却不是老师郑远桥。接听电话的人自称是市立医院急诊科的医生，他说手机机主刚刚遭遇严重车祸，医院正在对其全力抢救……

八

在医院的重症监护室,范华阳和宋博衍隔着玻璃窗看到郑远桥,老师毫无知觉地躺在病床上,身上插满各种管子。参与抢救的医生说郑远桥左侧大腿骨和左臂桡骨粉碎性骨折,髋骨骨裂,四根肋骨骨折,脾脏破裂,这些都不算是致命伤,关键是颅内出血和脑损伤尚无法确定伤害程度。

从医院出来后,宋博衍和范华阳赶至车祸现场。车祸发生在一个偏僻处的三岔路口,交警队几名警察正在用皮尺测量现场。郑远桥的丰田轿车被一辆水泥罐车撞到变形。交警介绍说,水泥罐车是从一条岔路口冲出来,将丰田轿车直接撞到墙上的。

范华阳抬头看一眼四周,问交警要监控录像。

交警说这个路口没有安装监控摄像头。

宋博衍问:"水泥罐车司机呢?"

交警说肇事司机已经逃逸,水泥罐车属于城建集团,已经派交警前去调查了。

范华阳的手机铃声响起，电话是看守所打过来的，说是市局领导要求立刻释放乔梁。范华阳作为一个尚未毕业的学员警察，心知自己的斤两，他无奈地抬起头用眼神征询宋博衍。宋博衍接过范华阳的手机，对着手机说："你们答应领导即刻放人，但是务必拖延一个小时后再放人，就说要办理手续，因为这一个小时关系到这个重大案件是否能够侦破，求你们了，拜托了。"

宋博衍说完挂断手机，他对范华阳说："成败在此一搏。"

范华阳接过手机，问道："收网？"

宋博衍咬着牙说道："我怀疑老师是被他们设计车祸了，不收网的后果，就是咱们俩明天在法庭上败诉，连穿上警服的机会都没有了。"

宋博衍说完，盯着范华阳的眼睛，等他下决心。

范华阳把半截香烟扔在地上，狠踩一脚，说道："为老师报仇，为咱俩洗冤，干他娘的！"

宋博衍说："拔高一下，不为私利，为了捍卫法律！"

所谓收网，是郑远桥和范华阳、宋博衍事先计划好的，一旦掌握实锤，便三方出击：乔梁、蔡萧和聂怀盛。因为在报废的白色皮卡车上找到与留仙湖死者吻合的血型，相当于掌握了乔梁的实锤，所以先一步传唤乔梁。乔梁撂出聂怀盛，相当于掌握了聂怀盛的实锤，多了一个突破口本该收网，可郑远桥顾虑聂怀盛是省政协委员，想把实锤落实了，这才有了突如其来的变故。

宋博衍感觉到黑暗里探出一只大手，正伸向他的喉咙。刚才，他带专案组和特警队出发的时候，专案组唯一的老侦查员老刘问他执行什么任务。

宋博衍说去官渡别墅区解救人质。

老刘问是谁的别墅？有没有办理搜查证？

宋博衍说是聂怀盛的别墅，去解救人质用不着办理搜查证。

老刘说自己孩子阑尾炎住院了，他要去医院陪孩子，便告假离开了。于是，宋博衍带着专案组一帮师兄弟和特警上路了。临近官渡别墅区，宋博衍与负责监控别墅的师弟联系，确认别墅里有两个男人加人质。宋博衍才挂了手机，负责监控的师弟又打进来电话，说是聂家的大小姐刚刚进入别墅。

宋博衍登上特警队的防爆车,掏出他手绘的别墅草图,为特警们提供突击方案,并叮嘱要保护好别墅内两位女士的人身安全。队长应承下来,打了一个响指,便带着他的特警队下车了。五分钟后,宋博衍和特警队冲进别墅,别墅内的场景让他呼吸一窒,蔡萧和岩罕加上另一个男人正在餐桌上品尝红酒,每个人都神情自若。

宋博衍径直走到餐桌前,对蔡萧说:"我们是来解救你的。"

岩罕一把揽过蔡萧的肩膀,对宋博衍说:"我女朋友很安全,不需要你解救。"

蔡萧端起红酒杯,笑道:"你们是不是误会了?"

就在宋博衍不知道该如何收场的时候,聂冉款步走下楼梯。她走到宋博衍跟前,把一件宋博衍落下的黑色T恤衫扔过来,紧接着抽了宋博衍一记清脆的耳光:"皮特先生,你是借办案的机会睡我,还是借睡我的机会办案呢?"

说罢,聂冉走出别墅。专案组的师兄弟和特警队员们齐齐地望着宋博衍,想问他要一个所以然。宋博衍无言以对,他抓起餐桌的一瓶红酒,咕咚咕咚灌下两大口,他感觉到黑暗里的那只大手已经扼住自己的喉咙。

与宋博衍相比,范华阳的遭遇也好不到哪儿去。专案组的老侦查员老辛得知范华阳的行动计划后,没有找借口请假,而是直接转身去请示领导了。范华阳知道时间拖不起,不待老辛的请示结果,便带队冲进亚合联华集团总部大楼。聂怀盛正在会议室召开集团高层会议,范华阳带着特警队闯进来。进来后他一眼就看见了坐在聂怀盛下首的乔梁,看来看守所并没有留住乔梁。走到聂怀盛跟前,范华阳对他宣布道:"聂怀盛,你涉嫌谋杀案,现在对你进行收审抓捕。"

聂怀盛坐在椅子上没有动,他反问道:"你有什么证据说我涉嫌谋杀?"

范华阳指着一旁的乔梁,对聂怀盛说:"你的手下乔梁指证,'留仙湖抛尸案'是受你指派的。"

聂怀盛转头看着乔梁:"有这回事吗?"

乔梁笑道:"简直是无稽之谈,警察想破案想疯了吧,哈哈哈!"

这时,亚合联华集团法务部主任邱松走过来,站在范华阳跟前，说道："请出示你的证件和收审手续。"

范华阳说："我有确凿的物证人证，不需要收审手续。"

说完，范华阳便掏出手铐，准备给聂怀盛戴手铐。便在此时，会议室门打开，局长赵铎、刑侦处处长老姜和侦查员老辛走进来。

老姜对范华阳喝问道："你还知道自己姓什么不？"

不待范华阳回答，老姜对着特警队一挥手："收队！"

范华阳举着手铐正要解释，却被老姜劈手夺走手铐。

老姜对范华阳说："你和宋博衍被停职了，专案组解散，其他学员明天回校报到。"

九

已经两个月没有看见聂冉了，任凭宋博衍给她发多少条短信，也见不到她回复一个字。此事走到这一步，绝非宋博衍所愿，他原本只是想通过接触聂冉，侦查到聂怀盛的犯罪证据。但是在接触聂冉的过程中，宋博衍被她深深吸引，在不知不觉中陷入了爱情的旋涡。这个外表靓丽、内心质朴的女孩简直就是降临人间的天使，让宋博衍欲罢不能。宋博衍给自己设的第一条底线，是情感止于暧昧。暧昧数日后，宋博衍便突破自己的底线，他为自己的行为找到一个很好的支撑：不上床就进不了聂怀盛的官渡别墅。如今，床也上了，证据也拿到了，没想到却被聂怀盛狠狠地摆了一道。

如果一切都在聂怀盛掌控之中，也就是说自己跟聂冉走过的每一步，他都尽收眼底，难道他会眼睁睁看着女儿跟自己上床？宋博衍心中泛起疑问，却又一时找不出答案。

又是一个周日上午，宋博衍决定去找聂冉，因为他已经受不了思念的煎熬，他知道自己已经爱上这个女人，哪怕她是犯罪嫌疑人的女儿。

宋博衍在儿童福利院转悠一圈，在盥洗室找到聂冉，她正在给几个孩子理发。看见宋博衍进来，聂冉本来充满爱意的眼神立刻罩上一层冷霜，自顾自地给一个叫阿欣的女孩理发，浑当宋博衍是空气。

聂冉放下剪刀，用梳子梳理着阿欣的头发，并和声细语地问道:"好不好看?"

阿欣仰起头来,咧着兔唇笑道:"这是我剪过的最好看的发型。"

聂冉用手指刮了一下阿欣的鼻子:"小嘴巴真甜。"

宋博衍眼疾手快,及时从聂冉手里接过阿欣,帮她洗头。聂冉也不推辞,松开阿欣的手,继续给下一个小男孩理发,看都不看宋博衍一眼。

宋博衍脸上堆着笑,一边给阿欣头上倒洗发水,一边说道:"我的英文名字是真的,我爱你也是真的,如果必须向你道歉,我也只为自己的动机道歉,因为过程都是真实的。"

聂冉仍旧没有看宋博衍,她认真地给男孩剪着头发,说道:"动机就是初心,初心歪了,过程再真实也是谬之千里。"

宋博衍拧开水龙头,给阿欣冲洗头上的泡沫,对聂冉说道:"现在我已经不是警察了,所以我调整了自己的初心,准备重新开始追你。"

聂冉说:"对不起,我不接受,你已经毁了你在我这里的信任。"

宋博衍说:"信任可以重新建立,我不仅要追到你,而且也要把你的父亲绳之以法。"

聂冉抬起头来,盯着宋博衍说:"去做吧,还我一个公正,还我父亲一个清白,因为我肚子里的孩子不会希望妈妈憋屈,也不会喜欢外公是一个罪犯。"

站在华南警官学院大门口,范华阳把他和宋博衍的两本肄业证书撕个粉碎,他扬起手中的碎纸片,像是扬起一捧冬樱花的花瓣,让人觉得凄美又心酸。走出校门的范华阳,在一家大排档里喝下六瓶啤酒,他打着酒嗝结完账,又走进华南警官学院,径直去了校长办公室。校长跟几位系主任正在开临时办公会,范华阳便坐在门口,一边抽烟一边候着校长。

半盒烟抽完,校长办公会才结束,系主任们散尽后,校长问范华阳什么事。

范华阳说:"我要拿走我和宋博衍的毕业证。"

校长说:"你和宋博衍毕业实习没有通过,校务会通过研究决定,不予发放毕业证。"

范华阳说:"我和宋博衍,包括郑主任,都是被犯罪分子设计陷害的,学校还这样对待我们,不公平!"

校长说:"作为警察的素养之一,就是要拿证据说话,你在这里空口说白话,当心人家告你诽谤。"

范华阳见校长口气很硬,便把脸色缓和下来,用近乎哀求的语调说道:"校长,念在我们师徒一场,不看僧面看佛面,您真的忍心我和宋博衍白白熬了这四年光阴?再说了,您也亲口承认,我们俩将会是警界的明日之星,难道您要让自己亲手培养的警界之星还没升起,就陨落吗?"

校长叹一口气,拍了拍范华阳的肩膀:"谁会希望看到自己亲手栽的树长不成材?只是你们俩捅的这个窟窿太大了,我几经努力也于事无补。就算我顶着压力,给你们俩发了毕业证,也没有单位敢接收你们呀。"

其实,范华阳也想到了这一点,最近同学们纷纷落实了毕业去向,最不济的也去了派出所。他和宋博衍去找过刑侦处的姜处长,因为郑远桥曾经担保过他俩进刑侦处。"刑侦部门是警界的火山口,没有在火山口待过的警察,就不能算是一个真正的警察。"这是郑远桥以前经常说的一句话,所以,他曾经向姜处长力荐两个爱徒。老姜的眼里不揉沙子,他也看好范华阳和宋博衍是两棵好苗子,但他一直绷着劲儿,目的只是想杀一杀两个新兵蛋子的傲气。

再次见到范华阳和宋博衍的时候,姜处长已经不想杀他俩的傲气了,而是拱手致意:"两位神探,刑侦处是座小庙,容不下两位大神,还是请两位神探另谋高就吧。"

宋博衍说:"姜处,您心里清楚,郑主任和我们是被人黑了,您得给我们一个翻盘的机会。"

姜处长黑着脸道:"我不懂得什么翻盘,我只知道依法办案,惩治犯罪,如果你们拿到犯罪的证据,我立刻出警抓人,帮你们洗清冤案。"

范华阳说:"我们现在还不是警察,去哪里找证据?"

姜处长说:"既然不是警察,那就做个安分守法的良民。"

从刑侦处出来,范华阳和宋博衍谁都没有吭声,两个人对望一眼,不约而同朝同一个方向走去,他们一起去医院看望了老师郑远桥。郑远桥已经出了重症监护室，暂时没有生命危险，却也一直没有醒过来。脑电波显示，郑远桥的大脑始终处在低幅震荡，呈现杂乱无规则的波形。范华阳和宋博衍坐在郑远桥病床的两侧，四只眼睛直勾勾地盯着老师苍白的脸，似乎都在期待着下一秒有奇迹发生。主治医生推门进来的时候，范华阳刚刚点上一支烟，吓得他赶紧把香烟扔进洗手盆。

宋博衍干咳一声，问道："郑主任还能醒过来吗？"

医生白了范华阳一眼，对宋博衍说："颅外伤导致昏睡超过一个月，基本上可以断定为医学的植物人状态，醒过来的可能性极小。"

入夜时分，范华阳和宋博衍躲避开警卫和摄像头，潜入交警队路况监控值班室。两个人推开值班室的门，把郭力吓了一跳。郭力是两个人华南警官学院的同学，也是宋博衍的死党，毕业分配进了交警队。

郭力问他们两个人半夜来交警队干什么。

宋博衍掏出一张手绘的草图，对郭力说："你得帮我们一把，我要看4月13日上午八点半到九点富春路周边六个监控探头拍摄的视频。"

郭力面露难色："我刚刚到岗，这事儿得经领导批准才行，我……"

范华阳说："这事儿要是能走正常程序，我们还要半夜跑过来吗？"

宋博衍对郭力说："我俩的事情想必你也清楚，我们不是只为洗刷自己，也是为郑主任报仇，这个忙你必须帮。"

郭力犹豫了几秒钟，站起身来，说道："我带你们去数据库。"

用了不到两个小时的时间，宋博衍便找到了肇事的水泥罐车。按照水泥罐车的行走路线，一直往前检索到第七个路口，才看清楚开车司机的面孔，这个人正是聂怀盛手下的长脸岩罕。

餐桌上摆满丰盛的晚餐，主菜除了苏格兰烤鸡，还有西班牙火腿和挪威黑鱼子酱。聂冉只喝了一小碗菌菇汤便放下碗筷。聂怀盛的兴致颇高，他让保姆去地下酒窖取来一瓶拉菲和一瓶三十年窖藏的茅台酒，并亲自给聂冉和聂鹏倒上酒。聂鹏酒量很大，他难得看见父亲的笑脸，便抖起胆子连干带敬以壮酒兴。聂冉的心思全然不在晚餐上，逢父亲和弟弟提议喝酒，就礼貌性地举杯沾沾嘴唇。

聂怀盛关切地问聂冉："是不是身体不舒服？"

聂冉眼睛盯着红酒杯，悠悠地说："心里不舒服。"

聂怀盛嗞嗞有声地喝干一杯茅台酒："跟爸爸说说心里话，看我能不能帮你解决。"

聂冉抬头看了一眼聂鹏，聂怀盛也把目光转向儿子，聂鹏识趣地喝完杯子里的酒，讪讪地嘟囔一句："论文……还没有写完，我先上楼查资料去了。"

两个人目送聂鹏走上楼梯，聂怀盛才把目光转向女儿，眼神里满是慈祥和疼惜。

聂冉没有回避父亲的眼神，她望着聂怀盛问道："从一开始，您就清楚宋博衍在和我谈恋爱，是吧？"

聂怀盛没有直接回答女儿，而是站起身走到亡妻的遗像前，凝视照片良久，说道："你妈妈离开这个世界的时候，抓着我的手，要我把你和鹏鹏保护好，让我替她看着两个孩子成家立业……"

聂怀盛有些哽咽："妈妈对你尤其放心不下，她说冉儿长得漂亮，红颜多薄命，所以让我一定替你把好关。"

聂冉问道："您是如何替我把关的？"

聂怀盛说："我派人调查宋博衍，发现他是一名警察，而且是打伤聂鹏的凶手，被我起诉后，他反戈一击调查我的公司，企图给我栽赃陷害。"

聂冉说："于是，您就利用我？"

聂怀盛走回到餐桌旁，对女儿说："做父亲的怎么会利用女儿？我发现冉儿对这个人动了真情，所以我必须掌握真凭实据,并且让他在你面前彻底败露,这比我提前预警有效得多,因为在爱情方面,没有听父母话的子女,何况你是受过西方文化教育的人。"

聂冉喝干杯子里的红酒,对着杯子像是在自言自语:"爱情真的是有时效的,您若是提早给我示警,或许……我就不会受到这么大的伤害了。"

聂怀盛腾的一下站起来,差点将厚重的餐椅掀翻,他着急地问道:"他怎么伤害你了?他伤害到你什么了?你告诉爸爸,我一定让他付出十倍代价。"

聂冉迟疑着,把要说的话生生咽了回去。她拿起醒酒器,给自己倒了一杯红酒,抿了一口,轻描淡写道:"日久生情,生情便会受伤。"

聂怀盛的脸色缓下来,和颜悦色地说:"冉儿,爸爸下个月陪你去马尔代夫度假,我让秘书订了一个海岛酒店,就我们一家三口,好好放松一下。"

聂冉把微醺的父亲送回卧室,她没有上楼,而是走到别墅花园里,坐在花椅上,仰起头来静静地看着一弯新月。春末深夜，天气尚冷，聂冉下意识裹紧披肩，发出一声长长的嗟叹。如果没有照片，她都不记得母亲的样子，母亲去世的时候，她还是一个懵懂无知的孩子。好在还有一个尽职尽责的父亲，不曾让她和弟弟受到任何委屈。父亲因为忙于做生意，给她和弟弟雇了保姆，有一回自己因为打翻了一碗汤，被保姆推搡了一把，正好被刚刚进门的父亲看到。父亲走过来，抽了保姆一记耳光，吓得姐弟俩全都哭了。第二天醒来的时候，一个陌生的女人给她和弟弟穿衣服、洗漱，原来的保姆再也没有见过。聂冉清晰记得，那个时候的父亲经常连续几天不回家，回到家里也是一脸疲惫，在卧室里能睡上一天一夜。平日里陪伴姐弟俩最多的是保姆，可保姆隔三差五就会被换掉，这也是让聂冉没有安全感的主要原因。后来，家里换了大房子，父亲的书房里摆满了世界名著，是这些书让聂冉找到心灵的慰藉。再后来，他们家搬进现在的别墅，父亲也不再像先前那么忙碌了，他好像很愿意抽时间陪伴自己，可是第二年，她就去美国读书了。在美国读书的第二年春季的一天，聂冉去超市买了一堆水果，因为那天是她的生日。这是她第一次自己过生日,此前,她和弟弟的每一个生日,父亲都不曾缺席过,在异国他乡的第一个生日,聂冉不想过得太凄凉。当她拎着水果回到寝室的时候,看见父亲抱着一束鲜花站在门口,聂冉扔掉手中的水果,跳起来扑进爸爸的怀里,泣不成声。

从聂怀盛身上,聂冉能感受到浓浓包裹着她的父爱,这层父爱就像一张刺猬皮,对外是冰冷戒备的尖刺,对内却是温暖柔软的血肉。对于父亲,聂冉很知足,也很感恩,她时常在心里暗自忖量:就算是母亲尚在,也不过如此吧。

今天晚上,聂冉觉得自己把话说过了头,父亲的确不可能利用自己的女儿。之所以会冲口而出这么过激的措辞,完全是被宋博衍搅乱了心思。宋博衍是她第一个挚爱的男人,这个男人的举止、做派、言谈和见识都是她喜欢的,甚至连他身上带着淡淡汗湿的体味,都让她着迷。就是这样一个男人,居然利用了她的感情……是的,利用自己的不是父亲,而是宋博衍。直到此刻,聂冉才想明白,她把对宋博衍的情绪发泄到了父亲身上,她今夜混淆了两个男人的角色,因为这是她生命中最重要的两个男人。

此刻，聂冉心中很是后悔，她决定第二天早餐的时候，为此向父亲道歉。

十一

在腾远的北部，有一个村落叫米阳村。米阳村由五个自然村落组成，每个村落又有自己的名字，铁壁沟便是其中之一。铁壁沟前面有一条小河，常年流水不断，星星点点十几户人家散落河边。十几户人家的后面，是一块巨大陡峭的石灰岩岩壁，有一条隐秘的小路可以攀援上去，攀上岩壁后，则是人迹罕至的高黎贡山。

在高黎贡山西麓，散落着一座边陲小镇，名字叫界头镇。界头镇依靠高黎贡山，毗邻怒江，距离缅甸密支那的板瓦镇只有四十公里。民风淳朴的界头镇不大，即便不是同一个村落的人，大家瞧着也都眼熟，遇见了便会相互点个头，算是打过招呼。

范华阳和宋博衍是乘坐公交车来到界头镇的。一下车，两个人便钻进车站旁的一家小餐馆，要了两碗过桥米线外加四份饵块。服务员是一位傈僳族女孩，女孩听两个人还要四份饵块，就笑着提醒说，可以免费加米线。

范华阳问，可以免费加几份米线？

傈僳族女孩一愣，仍旧笑着回道，加几份都行，都是免费的。

范华阳退掉四份饵块，他加了四份米线，宋博衍加了三份米线。后面的一份米线全然没了滋味儿，只能往碗里多加辣椒，吃得两只海碗上挂着一层红彤彤的辣椒油。两个人没有警察身份，也没有办案经费，既不敢去地方派出所寻求帮助，也不敢胡吃海塞，因为两个人家境都不富裕。宋博衍想问服务员要两瓶矿泉水，也被范华阳制止，他让傈僳族女孩换两只海碗，盛来两碗煮米线的热汤。

喝完两碗米汤，已近傍晚时分，范华阳和宋博衍走出米线店，又进了一家小超市。两个人买了一堆面包、榨菜和火腿肠，塞进背包中。宋博衍拎来十几瓶矿泉水，范华阳往背包里只装了两瓶,说地图上显示有一条河,用瓶子装河里的水就能解决喝水问题。

宋博衍摇了摇头,说范华阳抠门成性,是那种就着根铁钉子能喝半斤酒的主儿。

范华阳白了宋博衍一眼:"搓脚石泡醋后,嘬上一口,石头眼里的脚皮带肉味儿,既能清洗干净搓脚石,又能下酒,我可是个讲究生活品质的人。"

走出小超市,两个人在街上拦住一辆带篷子的摩的,讨价还价好一阵子,才讲好八块钱拉他们俩到米阳村。但是,当摩的司机听说要去米阳村的铁壁沟时,脑袋摇得像个拨浪鼓,非要加价到十块钱。原来,铁壁沟是米阳村最远的一个自然村落,几乎是一个山中村。

山路很是颠簸,远远望见稀疏的灯光,宋博衍便让摩的司机停下车。范华阳和宋博衍钻出狭窄的摩的篷子,给司机结完账后,朝着灯光闪烁的铁壁沟走去。山村里的年轻人全都外出打工,剩下上岁数的人没有任何夜生活,天一擦黑便关门闭户。按照岩罕身份证上的地址,范华阳和宋博衍找到他家的门牌号，随后便悄悄下到河边，找到一块石头隐藏起来。不多会儿，负责观察的范华阳轻声提醒躺在地上休息的宋博衍，说是有动静。宋博衍一骨碌爬起身来，看到一个身影拿着手电筒开门，随后进屋关门。

宋博衍小声说："这个不是岩罕，岩罕比这个魁梧。"

接下来，两个人三个小时换一次岗，轮番观察岩罕家的动静，一直到天色蒙蒙亮。宋博衍看到村里有人起床开门，便轻轻叫醒酣睡的范华阳，两个人蹚过河，钻进河对岸的树林里，隔着河继续监视岩罕家。

整整一个白天的时间，岩罕家进进出出只有两个五十岁左右的中年男女，看上去像是岩罕的父母。临近傍晚时分，下起了小雨。一缕薄雾从高黎贡山上缓缓滑落下来，像一条轻柔的白纱飘在铁壁沟的上空。初夏的细雨中，灰色的天空，黛绿的山色，白纱般的一缕薄雾，像一幅设色山水画卷。

宋博衍望着眼前的景色，不由得感慨道："有钱一定买一台好相机，把这世间美景记录下来。"

范华阳正聚精会神地盯着岩罕家的大门，没好气地回了一句:"美个锤子,有钱了,老子先买一身防水的冲锋衣。"

宋博衍望着眼前的美景,愣了会儿神,突然像是自言自语道:"长这么大,我还没有去过北方,华南到处都是丘陵大山,从未见过地平线是什么样子。"

范华阳有一搭无一搭地回道:"地平线就是一条线,有什么好看的。"

虽说是小雨,半个钟头也足以淋个精湿。范华阳冻得嘴唇泛青,不得不趴在地上连续做了五十个俯卧撑。天黑后,两个人再次蹚过河,回到昨天晚上监控蹲点的大石头。趁着换岗的空儿,范华阳就着香肠吃了两个面包,喝下半瓶子凉水。他打开手电,翻看着背包里的食物,心里盘算着还能坚持几天,因为整整一天一夜没有发现岩罕的踪迹。

突然,宋博衍轻声叫道:"关掉手电。"

范华阳迅速关闭手电筒,抬起头来,看到岩罕的父亲一手拿着手电,一手拎着一个小包裹,走进屋里。

宋博衍问范华阳:"他刚才出门的时候,是不是手里也拎着东西?"

范华阳说:"是的。"

接下来,岩罕家里的电灯熄灭,四周陷入一片黑暗,只有细雨打在草叶上发出沙沙的细微声响。这一夜,不再有任何动静。只有两个年轻人轮番监视,轮番休息,轮番趴在地上做俯卧撑。

第二天,冰凉的细雨下得时断时续,从高黎贡山涌下来的不再是玉带似的薄雾,而是大团大团像牛奶一样的浓雾。因为雾气太重,躲在树林里的范华阳和宋博衍几乎看不清河对岸的人影。两个人商量一番,决定暂停监控,先去生一堆火烤干身上的湿衣服。翻越一座小的山梁,寻到一个僻静处的石窟,范华阳赶紧团拢来一堆干树枝,费了好大劲儿才把树枝点燃。好在背包里还有换洗的衣服,宋博衍脱掉湿漉漉的衬衣时,连续打了好几个喷嚏,显然着凉不轻。烤干衣服,身上也有了暖和气儿。范华阳把背包里的食物全都倒出来,只剩下一根香肠和一小袋榨菜。宋博衍的背包里还有两个面包。两个年轻力壮的大小伙子,就靠着这点可怜的食物充饥。咽下所有能吃的东西,还能听到范华阳的肚子咕噜噜在叫。

宋博衍倚靠在石窟的石壁上,自言自语道:"今天要是还看不到岩罕,明天就得下山买吃的,不然得饿死在这里。"

范华阳坐在柴火边上,用木棍挑着他的一双湿皮鞋烤火,烤得鞋子直冒热气。宋博衍捏着鼻子,把脑袋转向石窟外面,大概是闻到范华阳的脚臭味儿。

范华阳光着脚丫子踹了一下宋博衍的腿,笑着说道:"别整得自己像个有洁癖的女人似的,哪个孩子不挨揍,哪个男人脚不臭?"

宋博衍赶紧用手拍打一下自己的腿,就像是范华阳脚上有什么脏东西,拍打完了还下意识闻了一下自己的手,皱着眉头道:"你这个脚不仅仅是臭,简直有瘴毒。"

范华阳望着突突跳动的火苗愣了会儿神,像是自言自语:"难道这个岩罕没有躲回老家?"

宋博衍说:"岩罕自出门打工就跟着乔梁,没有太多复杂的社会关系,出事后没有别处可去,只能躲藏回老家。"

范华阳烤干了皮鞋,穿上鞋袜站起来走了两步,发现石窟外已是雨过天晴，夕阳橘红色的暖光洒满高黎贡山西麓。两个人急忙踩灭柴火，一路小跑着翻越过山梁，重又回到监视岩罕家的树林里。刚刚找好位置坐定，范华阳发现岩罕的父亲拎着一个小包裹走出大门。范华阳与宋博衍对望了一眼，范华阳的肚子又传来一阵咕噜噜的叫声。

宋博衍问道："他给岩罕去送饭？"

范华阳点点头。

两个人猫着腰钻出树林，蹚过河后，远远地跟在岩罕父亲的身后，沿着一条隐秘的山路，攀上了铁壁沟后面的大岩壁。

十二

这是一个极其隐蔽的溶洞，洞口仅有一扇门板大小，行不及百余步，便是别有洞天，开阔处地面距离洞顶足有三十米高。跳动的烛光，把岩罕父子影印在布满钟乳石柱的洞壁上，抖动个不停。岩罕把饭盒里的腊肉炒饭吃完后，又捧起瓦罐里的菌菇鸡汤，咕咚咕咚喝了个底朝天。看着儿子吃得欢实，父亲的脸上露出欣慰之色，他从包裹里取出两团裹紧的芭蕉叶，说是明天早晨和中午吃的糍粑和饵块。

岩罕接过糍粑和饵块，对父亲说："阿爸，你一次给我带两天的饭吧，跑得勤了会被人发现。"

父亲说："咱这里山高皇帝远，外面的生人进不来。再说了，我都是天黑才出门，不会有人看见的。"

听父亲这么说，岩罕不再坚持，他用手指甲剔着牙缝，望着跳动的烛火愣神儿。父亲收拾好饭盒和瓦罐，叮嘱岩罕早点睡觉，便拿起手电往洞口走去，片刻后出了溶洞。

约莫着岩罕的父亲走远后，藏身在石柱后面的范华阳朝着宋博衍打了一个手语，示意左右包抄岩罕。岩罕警觉性很高，他似乎觉察到异样，迅速弯腰捡起地上一柄两尺长的竹刀。竹刀尚未拿稳，岩罕右手便被宋博衍反关节制住，竹刀跌落在地。岩罕反应也够迅疾，右手被制住后，急忙探出左手去抓地上的竹刀，就在左手碰触到刀柄的瞬间，范华阳一击虎尾踢正中岩罕的鼻梁。只消片刻工夫，岩罕被两个自由搏击冠军揍得面目全非，只剩躺在地上揣气的份儿。范华阳拿着一根蜡烛，把溶洞略略勘察一遍，发现没有其他危险，这才把蜡烛放到岩罕的面前，说道："说吧。"

岩罕问道："说什么？"

范华阳说："那就先说说你为什么藏到溶洞里不敢见人。"

岩罕说："我从小就在这个溶洞里玩，我想它了，就回来住几天，住溶洞不犯法吧。"

范华阳说："别把自己整得这么小资，说说你干的违法事儿。"

岩罕说："我干了什么违法事儿？你拿出证据来。"

岩罕话音未落，便听到啪的一声，接着脸颊传来一阵剧痛，就像是被火炙烤过一样。岩罕一时反应不过来，看到宋博衍手里掂着竹刀，蹲在自己脑袋边上，便带着哭腔骂道："私娃子，你给老子破相了……警察刑讯逼供，我要去法院起诉你们。"

宋博衍问道："我刑讯逼供，你拿出证据来。"

宋博衍说完，举起竹刀，用刀片侧面狠狠地拍在岩罕的脸颊上。岩罕又是一声惨叫，脸颊上迅速肿起两道刀片宽的棱儿。

审问了整整一夜，岩罕仍旧不肯吐露一个字。

临近天亮时分，范华阳眼睛看着宋博衍，对岩罕说："你非要证据，我就给你一个。"

宋博衍意会后，对着范华阳轻轻点了点头。范华阳从背包一个塑料袋里取出一张打印图片，正是岩罕驾驶水泥罐车通过十字路口被监控摄像头拍下的画面截图。范华阳一手举着图片，一手举着蜡烛，对准岩罕的眼睛。

岩罕看了一眼图片："这个人不是我。"

范华阳说："看着图片上的日期，说说你这一天都干什么了。"

岩罕说："记不得了。"

宋博衍提着竹刀站起身来，对岩罕说："你如果打定主意什么都不说，那我就让你葬身在这个溶洞，反正你躲起来谁也不知道。"

岩罕说："我阿爸阿妈知道我在这里。"

宋博衍说："对不起，是你连累了你的爸妈。"

岩罕提高了音量："你还算是警察吗？你不光对我刑讯逼

供,还威胁我的家人,你……你简直就是黑社会,我要起诉你,举报你违法办案。"

宋博衍冷笑道:"你没有机会了。"

正说着,岩罕突然尖叫起来,并在地上迅速扭动身体,饶是手脚被捆绑着,还一骨碌翻了个身。宋博衍低头盯着岩罕,差点笑出声来,原来是一条蟒蛇爬到岩罕身上。他抓住蟒蛇的头颈,提溜起来发现这是一条两米多长的蟒蛇。看到岩罕紧张的神情,宋博衍伸手撕开他T恤的衣领子,把蟒蛇盘在岩罕的脖颈子上绕了两圈。岩罕瞪着两个眼睛盯着蟒蛇,脸上的肌肉出现痉挛,额头上的冷汗迅速冒出来,嘴里发出呼呼的沉重呼吸。

范华阳拉住宋博衍的一条胳膊,小声说道:"别太过了,这样做违规。"

宋博衍甩开范华阳的手,说道:"我们没有违规,我们现在什么都不是。"

突然,溶洞里传来滴嗒滴嗒的声音。范华阳端着蜡烛,寻声觅去,发现岩罕的裤裆湿了一大片,尿液顺着裤管滴落到地面上。

岩罕用几乎快要窒息的声音说道:"我说,什么都说,快……快拿走……"

范华阳把蟒蛇从岩罕脖颈子上取下来,扔到溶洞外面。岩罕坐在地上,不停地喘着粗气,嘴里喃喃地说:"我说了,他们肯定不会放过我,肯定不会……"

宋博衍说:"你不说,我就放风出去,警察在溶洞里找到了你,但是又不处置你,他们也一样不会放过你。只要你跟我们合作,我就保证你不会出事。"

岩罕抬起头来,对范华阳说:"你确定?"

宋博衍说:"我确定。"

十三

走在人海里,乔梁就像是一位邻家大叔,长相不出众,性情也不张扬,这跟他一直做第二把手有很大关系。聂怀盛白手起家之前,乔梁就是他的发小。聂怀盛打拼的时候,乔梁是他的生死兄弟。聂怀盛结婚的时候,乔梁是他的伴郎。

聂怀盛坐大之后，乔梁为他统管全局。尤其是近些年来，聂怀盛基本上不再对外露面，集团的大小事务全由乔梁拍板决定。新近与亚合联华集团做生意的公司，只知道有乔梁，而不知有聂怀盛。亚合联华内部高层也极少有人能见到聂怀盛，凡事都是通过乔梁向上汇报。时间稍久，集团内部的人对乔梁的称呼渐渐更改，不再称呼他副总，也不再称他乔总，而是改口管乔梁叫老大。

乔梁没有制止手下对他改称呼，一是聂怀盛在几年前的集团会议上宣布过，以后乔总就是你们的当家人；二是乔梁觉得自己撑起亚合联华全部业务，当得起手下人称他一声老大。在这个世界上，乔梁是最了解聂怀盛的人，聂怀盛拥有了他想要的所有东西后，开始从精神到财富进行全方位的洗白。三年前，他让乔梁停止对内贩卖毒品、对外走私文物的业务。缅甸的第一毒枭赛耶同意聂怀盛退出，但是要求他交出毒品在中国的分销渠道。所谓分销渠道，便是亚合联华的子公司富通国际贸易公司。富通名义上是一家经营缅甸进口木材的公司，业务辐射云贵川和两广，但暗地里也把缅甸的毒品分销到了西南五省。聂怀盛退出毒品生意，就想让自己跟毒品脱离干系，如何肯为赛耶提供分销渠道，当时在浴佛节上就拒绝了。

赛耶虽然干着十恶不赦的勾当，却是一个佛教徒，每年四月初八在浴佛节这一天，接待来自世界各地的毒贩。十多年来，聂怀盛虽然不直接参与走私文物和贩毒，但是会在每年浴佛节这一天来拜见老朋友赛耶。在浴佛节遭到拒绝后，赛耶便派出手下得力干将Zeya到华南，逼迫聂怀盛就范。为此，乔梁跟聂怀盛产生过分歧。乔梁觉得贩毒生意干了近二十年，无论如何都不可能洗白，还不如一条道走到黑。聂怀盛不这样认为，他觉得没有必要再为钱去冒险，而且，全力洗白至少还能给自己一丝希望。乔梁无奈，只能遵从聂怀盛的想法，与Zeya全力周旋。打了近二十年交道，乔梁和Zeya早就成了朋友。有了朋友这层面子，乔梁也不好意思把事情做得太绝，于是展开了一场漫长的拒绝。后来，聂怀盛为此发了脾气，乔梁这才做了一个局，让手下人冒充缉毒队吓跑了Zeya。可一个月过后，Zeya重又回到华南，而且态度愈发蛮横，要求面见聂怀盛。聂怀盛横下一条心要跟毒贩撇干净，任凭乔梁如何劝说，他坚决不见Zeya，还让乔梁抓紧时间把Zeya赶走。

半个月过后的一天傍晚，聂怀盛正坐在客厅里看《今日说法》。突然，有一个黑乎乎的东西噗通一声被扔进客厅，聂怀盛站起来后才看清楚，黑乎乎的东西是保镖阿灿，嘴巴和手脚全被捆得结结实实。紧接着，Zeya带着四名手下闯入客厅。那一晚，Zeya说了很多难听的话，包括要把富通国际贸易公司参与走私文物和贩卖毒品的证据提供给中国警方。

聂怀盛冷静地对Zeya说："你们没有我直接参与犯罪的证据，全部交易都是富通公司和乔梁做的，跟我没有任何关系。"

Zeya坐在聂怀盛平日坐的沙发里，嘴里喷出一口浓浓的雪茄烟，说道："如果走私文物和贩卖毒品跟你没有关系的话，那么有两样东西肯定跟你有关系。"

聂怀盛问道："哪两样？"

Zeya从口袋里掏出两张照片，扔在茶台上。聂怀盛迟疑了一下，走到茶台边拿起照片，发现一张是女儿聂冉在儿童福利院的照片，另一张则是儿子聂鹏在酒吧喝酒的照片。看到女儿和儿子的照片后，聂怀盛再也无法把持了，他一拳头把茶台上的一把紫砂壶打个粉碎，瞪着血红的眼睛，冲着Zeya怒吼道："你告诉赛耶，让他不要欺人太甚！"

Zeya前脚出门，聂怀盛后脚就把乔梁叫来，让他把Zeya干掉。乔梁劝聂怀盛冷静下来再做决定，没有必要跟赛耶反目成仇。

聂怀盛一把掀翻客厅里的茶几，对着乔梁破口大骂："你是不是脑子进水了！他们敢拿我女儿和儿子来威胁我，死有余辜！你尽管去做好了，我不信赛耶敢在我的地盘上跟我斗。"

乔梁拿起地上的一把水果刀，挑开捆绑阿灿的胶带，不紧不慢地对聂怀盛说："我先安排人手保护好冉儿和鹏儿。前天，缅甸的第二毒枭波刚派人来了，他们以为咱们跟赛耶掰了，主动找上门来提供更便宜的毒品，这事儿是不是可以考虑一下？"

聂怀盛已经怒令智昏，他一脚踢飞一只茶杯，怒斥道："你还要我说多少遍，我们不再碰毒品，不再碰毒品，你听懂了没有！"

乔梁把阿灿扶起来，仍旧不温不火地回道："赛耶和波刚明争暗斗几十年，我的意思是能不能利用波刚，伪装成他的人干掉Zeya，这样跟我们就没有任何牵连了。"

看着乔梁扶起阿灿，聂怀盛眼睛里掠过一丝难以名状的神色，他点点头并缓和了口吻："这是个好主意，你去安排吧。"

乔梁管理的亚合联华集团有两套机制和人手，一套是做正常业务的员工，一套是专司走私贩毒的江湖亡命徒。离开聂家后，乔梁把他的江湖兄弟召集到富通公司开会。管理江湖兄弟的机制采用的是购买补偿制，例如公司的人犯案后，先由律师邱松介入，估摸好量刑标准，再在内部进行自愿认购补偿。通常是邱律师宣布：曲靖绑架案，伤人致残，量刑两年半至三年，补偿金六十万……下面的江湖兄弟觉得价码合适，便会举手竞标，没准还能把六十万的价格压到五十万，胜出者以犯罪嫌疑人的身份向警方自首，用两三年的牢狱生活换取五十万。出狱后，事主可以继续回到公司"工作"，工资待遇也会翻倍。

干掉Zeya事关重大，在路上，乔梁就已经规划好步骤，第一先在酒店把Zeya干掉，然后向警方举报波刚手下等人的行踪，最后再通知波刚手下的人逃跑。这个步骤规划不仅能够三方讨巧，而且缅甸两大毒枭的手下一方被杀、一方逃跑，移花接木便浑然天成。乔梁只召集几名骨干来，毕竟牵扯人命。黑吃黑出人命的事儿，不搞认购补偿制，而是由乔梁直接出价安排，一条人命三十万，Zeya一行五人一百五十万，当场支付现金。几个人装好现金往外走到门口时，乔梁突然将他们叫住，说是把人干掉后，拉走两具尸体丢进留仙湖。

众人离开后，乔梁独自一人留在办公室，他给自己倒了一杯苏格兰威士忌，暗自叹一口气。自打跟随聂怀盛打拼江湖以来，几乎所有出人命的案子都是由他一手操办的，聂怀盛总是躲得远远的。这一回，一口气做掉五个人，如果按照计划行事，应该是天衣无缝。可是，每一回都做得天衣无缝，便意味着压力都要由自己一个人来承担，无论是来自法律层面，还是来自心理层面……乔梁表面平静如水，内心却是翻江倒海。他重又点上一支香烟，思索着自己刚才安排的留仙湖抛尸是否妥当。乔梁多此一举有两重意义，一是不能让警方完全相信是两派缅甸毒枭火并，因为缅甸人杀人后不会轻车熟路跑到留仙湖抛尸；二是只要警方立案侦查，自己便在聂怀盛心里有不可替代的地位。乔梁对于聂怀盛"一心从良"的做法很不以为然，因为他的才华就是犯罪，亚合联华如果全部转行做正经合法生意，乔梁便成了聂怀盛商业王国里的鸡肋。是啊，作为习惯呼风唤雨的男人，谁会甘心成为鸡肋呢？

乔梁喝干杯子里最后一口威士忌，咔嚓咔嚓将冰块用力嚼碎，咕咚一声咽了下去。

十四

法院撤销了对范华阳和宋博衍的指控。之所以撤销指控，是因为聂冉找乔梁求情。乔梁知道聂冉在聂怀盛心中的位置，但凡聂冉有要求，聂怀盛就不会拒绝。于是，乔梁爽快应承下来，当场就给律师邱松打电话，让他亲自去法院撤诉。乔梁是看着聂冉长大的，他没有结婚也没有孩子，从来都是把聂冉和聂鹏当自己的孩子看待，聂冉也历来不拿乔叔叔当外人。请求乔梁撤诉，聂冉亲自登门，以商议的口吻"征求乔叔叔的意见"。乔梁虽然没有太多文化，但是做事进退有度，他不想把范华阳和宋博衍逼得太紧。他已经跟范华阳打过交道，对宋博衍也了解不少，觉得两个人都是狠角色。

如果做不了警察，撤诉与否对范华阳和宋博衍没有任何意义。两个人没有在这件事情上做任何纠缠，继续按照他们商定好的方案推进。宋博衍给聂冉发了一条言谢信息，半天后，聂冉回复道：我爱我的父亲，我也了解我的父亲，因为从小缺失母爱，我的父亲付出了比一般父亲更多的辛苦，让我和弟弟都受到很好的呵护。我可以阻止我父亲对你的伤害，却不想阻拦你对我父亲进行的调查，因为你的调查越是深入，对我父亲也会越了解。只是希望你把握好分寸，权当是为了我肚子里的孩子。弦绷断了，琴就没音了，对弹琴者和听琴者都是一件坏事。

通过岩罕透露的信息，范华阳在富通国际贸易公司郊外的一个木材仓库里找到蔡萧。蔡萧在仓库里可以自由进出，也没有人阻拦和盯梢。她甚至可以到当地农贸市场闲逛,还能够去附近的湿地公园游览。确认没有人盯梢后,范华阳在湿地公园的芦苇海子截住蔡萧。蔡萧有些惊讶,脸上露出复杂的神情,虽然她也知道没有人跟踪自己,但她还是紧张兮兮地四处张望着。范华阳没有指责蔡萧,而是跟她闲聊起来,问她怎么不去学校上课。还问她为什么待在这个仓库里。

蔡萧似乎不想跟范华阳有过多接触,她也拒绝回答任何问题。好在范华阳多的是耐心,每天只要蔡萧走出仓库,准能"巧遇"上范华阳。直到蔡萧失去耐心后,范华阳告诉她:"我明天去仓库找你。"

蔡萧瞬间流泪了,她哽咽着对范华阳说:"你们非得逼死我、逼死我全家吗?"

范华阳说:"我只是想帮你。"

蔡萧流着泪说:"我知道你们两个是好人,不是我不想帮你们,是他们手里攥着我家人的性命……你真的想帮我,就把他们绳之以法,到时候我肯定会做你们的证人……"

范华阳和宋博衍稍感欣慰，因为他们手中已经握有岩罕和蔡萧两个证人，在将来扳倒聂怀盛的时候，每一个证据、证人、证言都是一记把罪犯打趴下的重拳。至于岩罕，范华阳和宋博衍达成共识：岩罕是审时度势的墙头草，对于他提供的情报都要打一个问号，处理得当可以利用岩罕传递信息。

接下来，便是范华阳和宋博衍推进计划最重要的一步，制造聂怀盛和乔梁之间的矛盾，让两个人心生嫌隙，进而反目成仇，最终瓦解这个实力强劲的犯罪集团。宋博衍和范华阳商量过，就算他们是警察的身份，通过正常的侦破手段也很难撼动聂怀盛。几经推演，两个人觉得唯一能做的就是借力打力，让这个犯罪集团的两大巨头反目，才会有胜算的可能。

离间计的第一步，范华阳和宋博衍在网络上分别注册几十个账号，然后进入到华南的各个网络聊天室，散播"7·13凶杀案"和"留仙湖抛尸案"都是亚合联华集团所为的信息。离间计的第二步，在网络上散播聂怀盛让乔梁背锅的言论。时下，网络聊天刚刚兴起，城市里的网吧如雨后春笋，整座城市都陷入搭讪和狂撩的兴奋中。范华阳和宋博衍的离间信息搭载着荷尔蒙的狂躁,很快在网络上传播开来。

率先在网络里获取这个信息的是乔梁,他一直过着独身生活,上网络聊天室是他打发业余时间的主要途径。乔梁的第一直觉反应,是有人想黑他,而黑他的人应该是内部人,因为外面的人不会知道两起案子死的是同一伙人。数天后,当网络上传来第二波消息说聂怀盛让自己背锅时,乔梁愈发相信是内部人想搞自己。他把亚合联华集团内部几个高层梳理一遍,觉得都没有可能,有的不具备动机,有的不具备能力。不具备动机,是因为没有人可以撼动他在集团第二把交椅的位置。不具备能力,是乔梁自信已经把集团内部两套机制管理得滴水不漏。

乔梁也曾想到过范华阳和宋博衍,但是这两个人现在已经不是警察了,他们没有必要再折腾。况且,宋博衍和聂冉曾经是恋人关系,而且自己已经从法院撤诉,等于放了两个人一马。正常情况下,这件事情已经大事化小,小事化了。

如此思量一番,具备能力和动机的,只剩下聂怀盛一个人。可乔梁不愿意相信，与之一起打天下的大哥会对自己下手。如果真的是聂怀盛起了杀心，他的动机难道是因为自己私下在留仙湖抛了两具尸体？如果聂怀盛体察到自己的动机，那么他灭自己的动机也就成立了……想至此，乔梁不由得出了一身冷汗。一起搭伙二十多年，乔梁十分清楚聂怀盛做事的路数，只要对他造成威胁，他肯定会在第一时间先下手。而且宁可错伤无辜，也不肯留下隐患。以往不管对谁下手，都是由自己出面，聂怀盛永远是躲在幕后指挥的那个人。二十年来，自己替聂怀盛背负的人命至少有三十条，回想起那些绝望的眼神，乔梁顿觉后脖颈子冷飕飕地泛凉气。如果真的是聂怀盛怀疑自己，以他的性格和习惯，他肯定已经拔刀在手了，为什么还要在网络上先行放风？这样自曝黑幕的放风难道不怕惹火上身吗？

思量一夜，乔梁最后把聂怀盛也排除了。排除聂怀盛，非但没能让乔梁把悬着的心放下来，反而让他更加紧张。因为这个信息迟早会传到聂怀盛耳朵里，聂怀盛一旦得知，便能揣摩出乔梁在留仙湖抛尸的动机。

天亮时分，乔梁做了一个让自己占据主动的决定：把这个信息尽快告知聂怀盛。

十五

宋博衍秘密跟踪乔梁三天，在第三天早晨，他发现有一个戴墨镜的男人在跟踪乔梁。宋博衍很兴奋，他给范华阳发送一条短信：乔被跟踪，聂已经起疑心了。

随后，宋博衍在公用电话亭拨打了乔梁的手机，他把变声器盖在话筒处，对乔梁说："乔总，你想知道是谁在网络上散布信息的吗？"

乔梁在电话里问道："你是谁？"

宋博衍说："你不用管我是谁，你若是想知道内幕，今天中午十二点整，在云鼎大厦一楼西餐厅的九号桌等我，我会告诉你全部细节。"

乔梁问道："你的目的是什么？"

宋博衍说："为了钱，你要给我带上五十万现金，不能是连号的新钱。"

乔梁说:"五十万没有问题,但你也要知道,要我的后果是什么。"

宋博衍说:"你放心吧,我就是为了赚钱,但我是冒着生命危险,你只能一个人来,而且不许跟任何人透露。"

此刻,范华阳正站在云鼎大厦马路对面的公用电话亭里,用公用电话在云鼎大厦一楼西餐厅预订了中午用餐的九号桌。挂上电话,范华阳看到服务员走到临街的落地玻璃窗前,在九号桌上立了一个"预订"的桌牌。这时候,宋博衍发过来一条短信:乔已搞定。

突然,一辆捷达轿车开过来,停在电话亭旁边。范华阳急忙迎过去,车窗玻璃落下,一位戴墨镜的美女将一沓崭新的《华南晚报》交给范华阳。

范华阳一脸惊喜:"搞定了?"

墨镜美女说:"搞定了,第四版头条,十份报纸,这事儿让我们报社知道,我就死定了。"

范华阳说:"我一定会在今晚十二点以前销毁这十份报

纸，你就放心吧。"

墨镜美女摇摇头，叹口气道："希望你们不是小孩子瞎胡闹。"

范华阳笑道："郭力这傻小子真有眼光，女朋友聪明、漂亮又能干！"

墨镜美女说："少给我戴高帽。"

说完，墨镜美女摇上车窗玻璃，驾车离开。

范华阳把十份报纸塞进背包，回到公用电话亭，拿起电话拨打刑侦处姜处长的手机，并在话筒处盖上变声器。

电话接通后，姜处长问道："哪位？"

范华阳压低嗓音说："我要向警方透露'7·13凶杀案'和'留仙湖抛尸案'的凶手。"

姜处长说："好的，你说吧。"

范华阳说："不行，我要跟你见面谈。"

姜处长问："在哪里见面？"

范华阳说："今天中午十二点整，在云鼎大厦一楼西餐厅的九号桌等我。记住，只能你一个人来，我若是发现你带了人,你就见不到我了。"

中午十二点整,岩罕驾驶的黑色奔驰停靠在云鼎大厦的路边上,乔梁拎着一只黑色皮包下了车。他走进云鼎大厦一楼西餐厅,经服务员引导,坐定靠近落地玻璃窗的九号桌。乔梁机警地扫视一圈四周,没有发现任何可疑的人。服务员送来点菜的菜谱,并给乔梁倒了一杯茶,问什么时候点菜。

乔梁摆摆手,说等另一位客人来了再点菜。

就在乔梁端起杯子喝茶的时候,发现马路对面有一个戴墨镜的男子有些可疑,他垂下的手里拿着一部单反相机,着装打扮却又不像游客。就在乔梁盯着戴墨镜男子看的时候,姜处长在服务员引导下,走到九号桌前,拉开椅子坐在乔梁对面。看到坐在自己对面的姜处长,乔梁心中暗叫不妙,等他看向马路对面的时候,发现戴墨镜的男子端着相机对准自己,已经按下快门。

姜处长盯着乔梁,问道:"乔总,说吧,'7·13凶杀案'和'留仙湖抛尸案'的凶手是谁?"

乔梁闭上眼睛深呼吸一口，睁开眼睛说道："姜处长，我们被人耍了，我上午接到一个陌生男人的电话，约我在这里见面，说是要向我透露陷害我的人。"

姜处长说："你确定不是你在耍我？"

乔梁苦笑道："我每天忙得提不上裤子，哪有这个心思呀。"

范华阳和宋博衍各自打完电话后，迅速奔向乔梁家。长年过着刀头舔血的日子，乔梁对居住环境很在意，他觉得住别墅不安全，选择了一栋豪华的公寓楼。公寓楼里住的人多，而且有严格的物业管理，会让人心里踏实一些。范华阳和宋博衍用一枚警徽骗过物业保安，进入到乔梁的公寓，把昨天晚上从警官学院装备处偷来的窃听器，装在乔梁客厅的落地灯罩里。范华阳从床头柜里找到乔梁的手枪，还有一沓幼女的裸照。照片里的女孩大都八九岁左右，要么是在掩面哭泣，要么脸上露出惊恐的神情。范华阳狠狠地骂了一句脏话，把照片递给宋博衍。宋博衍接过照片，看了一眼卧室的床和墙壁，说照片都是在这间卧室拍的。

宋博衍让范华阳把照片放好，又从口袋里抓出一把子弹，递给范华阳说："把子弹全都换成空包弹。"

范华阳接过子弹："让他们自相残杀不好吗？"

宋博衍说："我更想看到他们受到法律惩治。"

宋博衍说完，转身去客厅测试窃听器。范华阳犹豫片刻，把空包弹装进裤兜里，然后把手枪和照片放回床头柜的原位。便在此时，宋博衍收到郭力发来一条短信：车辆刚刚经过东风路十字路口。

宋博衍冲着范华阳说："快撤，乔梁回来了。"

两个人收拾好现场，急匆匆关上房门。宋博衍一直拨打电话，却无人接听，气得他咬牙切齿。范华阳将乔梁门口报箱里的一份《华南晚报》抽出来，装进背包，又从背包里掏出一沓崭新的《华南晚报》，将其中一份报纸塞进报箱，把醒目的"华南晚报"报头露在报箱外面。接着，两个人走进电梯，宋博衍继续拨打电话，仍旧无人接听。范华阳把电梯间帆布报袋里的两份《华南晚报》装进背包，换上背包里带来的两份《华南晚报》。

电梯下到一楼，两个人经过大堂时，宋博衍抽走大堂阅报栏里的四五份《华南晚报》，范华阳将手里剩下的《华南晚报》全部塞进阅报栏。范华阳和宋博衍快步走出公寓，飞奔穿过马路，上了马路对面一栋居民楼的三楼，两个人推门而入。屋内的客厅里摆放了一张大办公桌，桌子上放置着一套无线电播音系统，同是华南警官学院的应届毕业生陈莉，正戴着耳麦收听交通台新闻。宋博衍掀开陈莉的一侧耳麦，趴在她耳朵边上喊道："为什么不接电话，赶紧开播，人在路上了。"

陈莉吐了一下舌头，为自己的疏忽很不好意思。陈莉在华南警官学院读书的时候，便是学院广播站的播音员，并且主持了大大小小几十台警官学院的文艺晚会，包括范华阳和宋博衍的"世纪决战"。毕业后，陈莉去了市公安局网监处，这一回也被范华阳和宋博衍裹挟进来。

陈莉拿起一张稿纸，对着两个人竖了一个噤声的手势，然后连续拧开三四个键钮，开始播报道："各位交通台的听众大家好！我是主持人格非，现在回来跟大家一起分享整点新闻，首先播报一条炸眼球的新闻，标题是《亚合联华集团可能涉嫌凶杀案》,董事长聂怀盛声称自己不理'朝政'许多年。听众们对亚合联华应该不陌生,最近网络上疯传的'7·13凶杀案'和'留仙湖抛尸案'都与亚合联华有关系,而且警方已经介入调查。昨天晚些时候,《华南晚报》记者在电话采访该集团董事长聂怀盛的时候,聂董声称他已经不参与集团管理很多年,公司的所有业务都是由总经理乔梁全权负责……"

十六

乔梁拎着装满五十万现金的黑色提包,上了岩罕的奔驰轿车。看到乔梁脸色铁青,岩罕小心翼翼地问他去哪儿。

就在岩罕转回身体询问的时候,他看见乔梁脚下的黑色提包露出一沓人民币的一角。

乔梁沉默半晌,说是回家。

岩罕不再吭声,驾驶着奔驰车离开云鼎大厦。

岩罕在腾远老家待了半个月后,打电话请示乔梁,询问自己要不要回华南。乔梁大概觉得像往常一样,自己亲自策划的一起案件又将销声匿迹，便同意岩罕回到华南。与其他手下兄弟不同，岩罕是乔梁非常信任的人，做事干净利落，做人也比较精明，而且有分寸。

车辆驶过东风路十字路口时，岩罕悄悄地拧开收音机，由于音量开得很小，只能勉强听到播音员的声音。到了整点新闻播报时间，乔梁突然听见亚合联华和自己的名字，他急忙让岩罕把收音机音量开大一点。

收音机传来陈莉的播报："……昨天晚些时候，《华南晚报》记者在电话采访该集团董事长聂怀盛的时候，聂董声称他已经不参与集团管理很多年，公司的所有业务都是由总经理乔梁全权负责。截至目前，网络舆论一边倒向亚合联华的实际掌控人乔梁，这个从街头小混混起家的总经理不仅架空了聂怀盛，还有可能利用公司的木材进口业务参与多起文物走私、贩毒以及谋杀等犯罪行为……"

岩罕把奔驰车开进地下车库时，短波信号时有时无，主持人的声音也时断时续。岩罕把奔驰车开进车位，尚未停稳，乔梁便推门下车，直奔电梯间而去。岩罕赶忙下车，跟随乔梁进了电梯间。

乔梁看了岩罕一眼,问道:"你干吗去?"

岩罕说:"我去一楼抽根烟。"

乔梁看到帆布袋里的《华南晚报》,立即抽出报纸,快速地逐页翻阅。电梯到达一楼,岩罕快步走出电梯。经过阅报栏时,岩罕抽取出一份《华南晚报》,翻阅到第四版时,看到头条标题是《亚合联华集团可能涉嫌凶杀案》,副标题是《董事长聂怀盛声称自己不理"朝政"许多年》。

岩罕点上一支香烟,用手机拍了一张报纸第四版的照片,通过彩信发送给了聂怀盛。岩罕把报纸放回阅报栏,走出大堂,又给聂怀盛发了一条信息:乔总上楼了,包里装满现金,要不要把假报纸和假广播的事情告诉乔总?

片刻后,聂怀盛回复道:不要提醒,正好看看乔总的反应。你守在那里,我马上过去。

聂怀盛边看手机边往外走,迎面正好碰上刚刚回家的聂冉。

聂冉问爸爸去哪儿。

聂怀盛神情有些严肃，对聂冉说："我有点事情，要出门。"

聂冉问道："我也有些事情，想跟爸爸交流一下。"

聂怀盛强作笑容："好啊，等晚上爸爸回来，咱们坐下来慢慢聊。"

聂冉有些失落："什么事儿，这么重要吗？"

聂怀盛迟疑一下，说道："有一个亟待处理的问题，我要去一趟乔梁家。"

聂冉点点头说："代我问乔叔叔好。"

聂怀盛一副不置可否的神情，只是在鼻腔里"嗯"了一声，便随着司机出了门。

聂冉的心情依旧没有好转，怀孕大概四个月了，她已经隐隐能够感觉到胎动。头晕、恶心、呕吐等妊娠反应也越来越强烈，如果妈妈还活着的话，自己怀孕的事情肯定早被识破。想到妈妈，即将做妈妈的聂冉禁不住眼圈一红，她使劲地揉了揉酸酸的鼻子，克制着即将流出来的眼泪。因为她听说过，如果怀孕的时候哭鼻子，会影响宝宝情商的发育。既然怀孕了，就得要一个健康的孩子，聂冉心里这样想。最近几天来，聂冉在思考如何跟父亲谈这件事情，因为肚子一天天大起来，眼看着就要显怀了。聂冉觉得还要跟宋博衍认真谈一次，关于两个人……不对，现在应该说是三个人的未来规划。此前，宋博衍已经表明态度，说是尊重聂冉的意见，只要聂冉想要这个孩子，他就义不容辞地接受父亲的角色。但是婚姻不能仅仅停留在口头上，还要落实到现实生活中。其实，这些都不是聂冉想谈的重点，她最想跟宋博衍谈的是关于他跟自己父亲较劲的事儿。虽然宋博衍矢口否认自己是在较劲，但是种种迹象表明，他最近一段时间比先前还要忙碌，甚至忙到不接电话。

想到这里，聂冉掏出手机来，拨打了宋博衍的电话。

电话振铃许久，宋博衍才接电话，且声音急切地问聂冉："什么事儿？"

聂冉说："我想跟你谈谈……关于孩子，还有你调查我父亲的事情，是不是也该有始有终，不要再闹了，他毕竟是孩子的外公。"

宋博衍说："你父亲的事情，马上就会水落石出，你不要着急，咱们俩明天见面谈，好吧？"

聂冉问道:"马上就会水落石出是什么意思?"

宋博衍没有直接回答,他嗫嚅着说:"你很快就会知道的。"

不等聂冉再说话,宋博衍那边就已经挂断电话。就在宋博衍挂断电话的瞬间,聂冉听到宋博衍那边传来对讲机里一个男声:66168号奔驰车驶过东风路十字路口⋯⋯

聂冉心里一惊:66168号奔驰车是父亲的座驾,而东风路十字路口是去乔叔叔家的必经路口,难道是宋博衍在监视父亲和乔叔叔?聂冉心里突然升腾起一个不祥的预感,她抓起刚刚放下的车钥匙,急匆匆奔向地下车库。虽然她不相信父亲会做违法的事情,但是经不住宋博衍执着的调查。这两个让她最信任的男人,肯定有一个人在说谎。或者都没有说谎,而是有很深的误解或是误会。这一刻,聂冉下决心要解开两个男人心里的结,因为这两个男人都是她生命中最重要的男人。

呼啸而出的玛莎拉蒂,差点撞上地下车库的拦车杆。聂冉第一次把油门踩到底,也一次次又把刹车踩到底。公路上的所有车辆像是故意要跟她作对似的,一辆开得比一辆慢,有几次差点追尾。在一个等红灯的路口,聂冉拨通聂怀盛的手机,她用故作轻松的口吻问道:"爸爸,您怎么突然要去乔叔叔家了?有什么急事吗?"

聂怀盛说:"没什么急事,就是聊聊集团的事儿。"

聂冉说:"我印象当中,您已经好多年没去过乔叔叔家了,今天肯定有什么不寻常的事情……不会是违法的事情吧?"

聂怀盛在电话里笑道:"冉儿想多了,我跟你乔叔叔是生死兄弟,我们怎么会干违法的事儿。"

聂冉说:"如果你们不做违法的事情,宋博衍为什么会盯着您不放呢?"

聂怀盛说:"宋博衍现在连警察都不是,他再盯着我就是寻衅滋事,别怪我对他不客气了。好了,我到了,有事咱们晚上回家再说,好吗?"

说完,聂怀盛挂断电话。

聂冉猛踩一脚油门,限量版的玛莎拉蒂轰然穿过刚刚亮起红灯的东风路十字路口。正在路口执勤的郭力赶忙掏出笔来,给聂冉的玛莎拉蒂默默地开了一张闯红灯的罚单。

聂冉曾经跟随父亲去乔梁家做过客,但是此刻早就忘了楼层号牌。她把车停在公寓楼前，发现岩罕站在车前，正等着为她开门。岩罕告诉聂冉，说聂董事长刚刚上楼，问她要不要在楼下等会儿再上去。

聂冉已是心乱如麻，片刻也等不下去。她问清楚乔梁住所的号码，便进了公寓。望着聂冉的背影，一向能够审时度势的岩罕心里也是七上八下，诸多事情迅速叠加，让他觉得茫然无措。为了生存，岩罕已经不是墙头草两面倒，而是染指聂怀盛、乔梁、范宋三方。他把不轻不重的信息分别透露给三方，希望三方都能拿他当亲信。同时，岩罕也希望三方都不要出问题，因为哪一方完蛋都会把他牵连进去。然而，三方在今天突然进入死掐的状态，这是岩罕无法掌控的局面。他用微微颤抖的手，又给自己点上一支香烟，知道今天必定有一方会出局。

在马路对面的租赁房里，陈莉在收纳播音设备，这是她昨天晚上从警官学院播音室借出来的，今天必须归还。范华阳正对着望远镜观察对面公寓，他盯着聂冉走进公寓的背影看了片刻后，才突然醒悟过来，发出一声低沉的惊呼。宋博衍掀开右耳上的耳机，轻声问范华阳："什么情况？"

范华阳没有抬头，继续盯着望远镜，说道："聂冉怎么来了？你赶紧给她打电话，让她不要上去。"

宋博衍掏出手机，听见耳麦里传来聂怀盛的声音："乔总，你拿着护照，这是准备不辞而别吗？"

范华阳催促宋博衍："赶紧打电话呀。"

宋博衍小声说道："来不及了，她已经进去了。"

聂冉站在公寓门口，叫了一声"乔叔叔"，可是乔梁连看都没有看她。

乔梁的左手攥着护照和一沓银行卡，全神贯注地盯着聂怀盛的眼睛，用低沉的嗓音问道："大哥，你终于要对我下手了吗？"

聂怀盛轻松一笑："兄弟，别这么紧张兮兮，这应该是个误会。"

说完，聂怀盛把手伸向口袋。这一举动，让乔梁紧绷的神经到了临界点，他迅速掏出手枪，对准了聂怀盛。三十多年的交往，他深知聂怀盛的做事风格，一向都信奉先下手为强。就在乔梁扣动扳机的刹那，聂冉扑向了父亲。一声枪响过后，一股殷红的鲜血喷在聂怀盛手里握着的《华南晚报》上。

乔梁来不及再次扣下扳机，一个箭步冲出公寓门口，夺路而逃。

聂冉像一片飘落的树叶，跌进聂怀盛的怀里。

聂怀盛脚步踉跄，抱着女儿跌坐在地上，看着女儿胸口汩汩流淌的血水，他的脸色瞬间变成铁青色。

十七

审讯室里，范华阳鼻梁上戴着固定架，这是宋博衍第二次打断他的鼻梁骨。今天，也是范华阳第三次接受姜处长的讯问，继续交代他和宋博衍策划的这次行动。一直到第三次接受讯问，姜处长仍没有追究子弹的事情。范华阳心里清楚，宋博衍肯定没有提及此事，这件事儿对于自己十分不利，没有给乔梁的手枪里更换空包弹，间接造成聂冉被杀。所以，当宋博衍得知乔梁手枪里的子弹没有更换时，他对着范华阳发疯似的一顿猛揍，其中一记回马肘又一次打断范华阳的鼻梁骨。这一回，范华阳没有还手，任凭宋博衍发泄。范华阳有自己的盘算，他和宋博衍都觉得扳倒聂怀盛和乔梁难度太大，所以才设计离间两个人的关系，期待着亚合联华的堡垒从内部爆雷。谋事在人，成事在天。范华阳对于计划实施到哪一步着实没有信心，他觉得亚合联华两大巨头如果动了刀枪闹出人命，恐怕是最快最有效的手段。这是范华阳没有替换乔梁手枪子弹的原因。只是造化弄人，谁会知道聂冉会在错误的时间出现在错误的地点。

范华阳在讯问笔录上签字的时候，他问姜处长："录音虽然没有有价值的信息，但是乔梁能够对着聂怀盛开枪，足以证明他们俩火并是有缘由的，至少应该对聂怀盛立案侦查吧。"

姜处长冷笑一声："现在的局势跟你们编造的新闻一模一样，聂怀盛把全部责任都推给负案在逃的乔梁，想给聂怀盛定罪，那得先抓捕乔梁。"

范华阳问道："乔梁的行踪一点线索都没有吗？"

姜处长说："有，据境外的眼线汇总，乔梁很有可能已经越境到了缅甸。"

姜处长收拾起卷宗,走到门口的时候,范华阳走过去一把拽住姜处长的胳膊,用几近哀求的腔调说:"姜处,这事儿跟郭力和陈莉没有任何关系,是我打着刑侦处破案的名义骗他俩干的,你们处理我一个人好了,跟他俩没有任何关系。"

姜处长冷冷地斜睨着范华阳:"这可不是姜某人能够做主的事儿,现在,不光是郭力和陈莉被停职了,郭力在《华南晚报》的女朋友李小萌也被报社辞退了。你们俩神探大爷,就给我往死里作吧。"

一个月后,聂冉的骨灰在风华园墓地入土,跟她的母亲埋葬在一起。前往送葬的人很多,宋博衍和聂怀盛都到场了。骨灰入土仪式结束后,前来参加葬礼的亲朋好友陆续跟聂怀盛告别。站在人群外的宋博衍走到墓碑前,把手里的一束玫瑰放下,正欲转身离开,聂鹏从人群里冲出来,一拳击中宋博衍的面门。明眼人都看得很清楚,宋博衍压根就没有躲避聂鹏的意思。宋博衍从地上捡起墨镜戴上,遮住了红肿的右眼眼窝。聂鹏正要对着宋博衍挥第二拳的时候，被聂怀盛呵斥住。

一个月的时间，聂怀盛似乎苍老了十岁，胡子楂大都变成了银白色，眼神冷峻到寒气逼人。少年丧父，中年丧妻，老年丧女，人生三大不幸，聂怀盛已经全然饱受。男人一生中接受过这三样创痛，便再无痛苦可言。

聂怀盛走上前来，一把推开聂鹏，站在距离宋博衍不足三尺之地，两个人中间正好夹着聂冉的墓碑。墓碑上，聂冉的照片是黑白的，她正微笑地看着眼前的两个男人，这是她短暂生命中最为亲近的两个男人。

聂怀盛低沉地问道："你知道冉儿怀孕了吗？"

宋博衍点点头。

聂怀盛接着说道："我已经把失去女儿的这笔账记到你头上了，我是一个生意人，欠我的账，必须还。"

宋博衍把目光从聂冉的照片上移开，摘下墨镜，正正地盯着聂怀盛眼中射出的寒光，说道："我用了四年时间学习如何做一名警察，所以我知道人类文明需要公平和正义，谁欠了公平和正义的债，法律负责让谁偿还，在你欠账不还的时候，是你的女儿替你在还债。"

聂怀盛一脸藐视:"我最瞧不起推卸责任的男人。"

宋博衍毫不示弱:"男人的责任不仅限于丈夫和父亲,还有社会担当,还有维护公平,还有匡扶正义!"

聂怀盛的车队浩浩荡荡开过去的时候,扬起的尘土罩住了宋博衍和他骑的山地车。灰尘落满宋博衍的头盔和墨镜,他只好一只脚蹬在地上撑住山地车,目送着车队下山。

十八

接下来的时间,生活再次步入常态。太阳东升西坠,月亮盈亏交替,一日三餐荤素,一切回归平静。

既然乔梁潜逃境外,背走了所有罪,正是"一心向好"的聂怀盛所期待的。聂怀盛不仅没有重操旧业,还愈发要与从前彻底割裂开来。聂怀盛回到亚合联华主持工作,他把集团的"第二机制"彻底停掉,给每个人发放了不菲的遣散费,开始心无旁骛地做正经生意。"第二机制"里只有一个人没有被遣散，那就是岩罕。其余人的遣散费也是岩罕发放的，聂怀盛没有露面。

痛失爱女，对聂怀盛是一个沉重打击。他本来可以阻止这次意外的发生，只要让岩罕告知乔梁，这一切都是宋博衍和范华阳在背后捣鬼，报纸和广播的内容都是假的。可是，聂怀盛多了一层心思，他想借着宋博衍和范华阳布的局试探乔梁的忠诚度，却正应了那句话，不要试探人性。对乔梁的试探，导致女儿罹难，此刻想来，聂怀盛悔恨交织。无辜的女儿惨死在自己的怀里，而且一尸两命，这是一个父亲无法承受的创痛。聂怀盛变得越来越阴郁，一天看不见一次笑脸。当他得知宋博衍走近聂冉的时候，便知道这个年轻警察准备做什么。聂怀盛在第一时间招来乔梁，让他找准机会布局，不仅要把宋博衍装进局里，还要让他在聂冉面前原形毕露。

乔梁应诺，觉得摆平两个小警察不费周折，但是两个警察背后的郑远桥却是一个难剃的头。

聂怀盛说："郑远桥的侦破方向已经指向我们，我们就解决他，没有什么好犹豫的，纠结太多只会让自己越来越被动。"

这的确是聂怀盛的行事风格，总会在第一时间做出对自己有利的抉择。贸然对警察下手，这还是第一次，饶是乔梁工于心计，也足足策划了一周时间。根据警察掌握的情况，以及宋博衍入戏的程度，乔梁决定亲自出马，作为整个布局的药引子，这才有了他和郑远桥在审讯室的单独讯问的戏码。其实，在这段只有两个人的谈话中，乔梁对郑远桥说的全都是实话：亚合联华依靠贩毒和走私文物起家，走私、贩毒、杀人全都是聂怀盛幕后指挥操纵的。

郑远桥没有想到乔梁会坦白到如此程度，如果案情真如乔梁所言，这将是国内首起重大涉毒涉黑的案件。鉴于前提有三，一是单独谈话，二是没有录音，三是没有笔录，所以郑远桥把困难想得很充足。因为乔梁假戏真做的高超演技，郑远桥在不知不觉中进入了他的节奏。郑远桥去市局向领导汇报并请示，目的就是让自己冷静一下，重新找回自己的节奏。不承想，这回的对手是狼狈为奸数年的聂怀盛和乔梁，这两个人都是反应极为迅速，并且会在第一时间下毒手的狠角色。

这些天来，范华阳也很恼火。被宋博衍打断的鼻梁骨已经愈合，但是留在他心里的阴影却挥之不去。没错，如果自己听从宋博衍的话，把乔梁手枪里的子弹换成空包弹，聂冉就不会死。所以，宋博衍把聂冉之死全部怪罪到他的头上，范华阳也觉得受之不屈。恼火过后，范华阳现在的情绪是焦躁，因为自打聂冉死后，宋博衍就没再理过他。岩罕主动联系范华阳两次了，说是有要紧的事商量，但是必须要他和宋博衍同时在场。宋博衍无论如何都不肯接电话，范华阳已经给他打了几十遍电话、发了几十条短信，却不见他有丝毫回应。范华阳实在按捺不住，便去了宋博衍家，他要说服搭档不能就此认输。

宋博衍家住东山区秀苑路一幢老楼房里，范华阳敲了半天门不见动静，知道宋博衍不想开门见他，便蹲守在门口抽烟。一整天时间，范华阳把一包烟堪堪抽完的时候，房门打开了，胡子拉碴的宋博衍正要下楼买啤酒。宋博衍没有正眼看范华阳，自顾自地下了楼。范华阳跟在屁股后面，一路上絮絮叨叨说着岩罕主动联系自己，还说岩罕有重要事情汇报。

在超市门口，范华阳拦住宋博衍，死乞白赖地把他拽进一家小餐馆。范华阳一手抓着宋博衍，一手招呼服务员，他屁股尚未坐下，菜已经点完：一份煮花生、一份毛豆、十瓶啤酒。宋博衍面无表情，他唯一的动作就是喝酒和抽烟，然后就像一尊木雕一样地坐着。坐也坐得很萎靡，就像是塌了脊柱一样，佝偻着腰身毫无年轻人的生气。

喝到第八瓶啤酒的时候，还是范华阳一个人在说话，宋博衍连气都没有吭一声。范华阳实在忍不住了，咕咚咕咚喝干一瓶啤酒，打着酒嗝对宋博衍说："就当我欠你一条人命，就当是为了咱们的恩师报仇，你陪我见一下岩罕，剩下的事情你不用管，你还是像个泥胎一样戳着，凡事都由我来料理，好不好？"

宋博衍抬起头来，瞅着范华阳，过了许久，说道："岩罕一直在假装配合我们，难道你不知道？"

范华阳说："我知道，他们也知道我们已经知道，我就想知道大家都心知肚明后，他们还想玩什么花活儿。"

大相国寺外有一条南北走向的商业街，街上店铺林立，大多是烧烤摊儿和各地小吃。每到夜色来临时，这条街便开始喧嚣起来，年轻人从城市的各处集中过来，汇集成华南最热闹的夜市。夜市北头有一间越南河粉店，经过几年经营，河粉沦为配角，各种烧烤煎炸的虫子变成河粉店的主打。岩罕点了一桌子虫子，要了二十瓶啤酒，还捧着菜单不肯撒手。

范华阳说："不要点了，啤酒撑肚子，吃不下这么多东西。"

岩罕自顾自地看菜单："别紧张，今晚我结账。"

宋博衍一把夺过岩罕手里的菜单，扔给服务员，让她上菜。

岩罕脸上的神情有些尴尬，解嘲般地嘟哝道："餐饮发票我能报销，我现在是集团董事长助理了。"

宋博衍不耐烦地说："你有屁快放，放完了，老子跟你结我们之间的账。"

岩罕的脸色更加难看，他举起杯子喝干一杯啤酒，低下头来谁都不看，嘴里说道："其实……我跟你一样，我也喜欢聂冉。"

岩罕抬起头来，看着宋博衍说："就是那种……那种暗恋的喜欢。"

听岩罕这样说，宋博衍倒是生出几分好奇，神色认真起来。

岩罕接着说："我知道自己的斤两，哪里配得上聂大小姐，所以……我就是在心里默默地喜欢她。"

宋博衍仍旧没有说话。

范华阳有些不耐烦，他对岩罕说："你那么费劲找我们俩，敢情是要向我们倾诉爱的衷肠吗？"

岩罕脸色微微一红，接着说："我离开华南回老家躲避的时候，乔总找我谈过，说我万一被你们找到，就让我假意跟你们合作，目的就是把你们俩收拾了。但是我回到华南后，聂董事长首先找到我，让我避开乔总只向他一个人汇报情报，所以，你们做假报纸、播假广播的事儿，聂怀盛知道，乔梁不知道。"

范华阳说："你是来消遣我们俩的吗？"

岩罕说："我不想在这条道上走下去了，现在聂大小姐走了，在这里我也没有什么可留恋的了，所以，我想跟你们俩合作，戴罪立功。"

范华阳说："怎么相信你这一次不是欺骗我们呢？"

岩罕说："天地良心，这回是我主动找的你们，如果我再欺骗你们,你们可以弄死我,而且你们也知道我父母的家……"

范华阳骂道:"你他妈的拿我们当黑社会了吧。"

岩罕沉吟片刻,说道:"这样吧,以后我只负责向你们透露情报,你们有什么计划不要对我说,这总该可以吧?"

宋博衍喝了一口啤酒,悠悠地说:"我跟你一样,聂冉走了,我也心灰意冷,什么都不想做了。"

岩罕看着宋博衍,大概是在判断他说的是不是真心话:"难道……你不想为聂大小姐报仇?"

宋博衍喝完杯子里的酒:"如果要报仇,我会先把你们俩宰了。"

十九

收到赛耶的邀请函后,聂怀盛当即决定前往缅甸参加浴佛节。每年的浴佛节,赛耶都会邀请世界各地的大毒贩前往缅甸,一是为了联络感情,二是公布下一年度毒品的供给计划。赛耶早就立下行规,浴佛节上绝对不许进行毒品交易,违规者将被视为全体涉毒盟友的共同敌人。许多年来，众人不仅给赛耶面子，也都恪守赛耶订立的规矩。众人也乐得轻松一回，只论交情喝大酒，不谈生意。

聂怀盛本来一心要跟毒品脱离干系，绝不肯再跟赛耶沾边。可是，据说乔梁已经潜逃去了缅甸，聂怀盛想借此机会向赛耶打探消息。为了给爱女聂冉报仇，就算是再次涉毒，聂怀盛也在所不惜。另外，他还有一个参加浴佛节的原因，去年一气之下做掉了赛耶手下五个人，虽然乔梁把这件事做成是波刚所为，但是这一年来发生许多变故，赛耶有没有起疑心，聂怀盛一无所知。一番权衡之后，聂怀盛觉得自己必须参加今年的浴佛节，一是可以打探乔梁的消息，二是为了消除赛耶对自己的怀疑。做出决定后，聂怀盛把岩罕叫来，通知他做好前往缅甸参加浴佛节的准备，并让他把这个信息透露给宋博衍和范华阳。在聂怀盛心里，干掉乔梁是为女儿报仇，干掉宋博衍和范华阳同样是为女儿雪恨。

岩罕依计行事，把聂怀盛要去缅甸参加浴佛节的信息透露给了宋博衍和范华阳。三天之后，还是在大相国寺的商业街，宋博衍和范华阳找到岩罕，跟他当面核实聂怀盛前往缅甸参加浴佛节的细节。

范华阳突然问道："聂怀盛的座驾是奔驰，为什么去缅甸参加浴佛节要开路虎？"

岩罕愣了一下："路虎车在出入境有备案，所以每一回都是路虎去缅甸。"

范华阳说："路虎以前是乔梁的专车，聂怀盛不介意吗？"

岩罕说："乔梁的专车也是集团配发的，集团的钱也是聂董事长的钱。"

最后，岩罕像是突然想到了什么，他对宋博衍和范华阳说："路虎车改装了副油箱，里面一次性可以装四公斤海洛因。"

岩罕补充说："赛耶立过规矩，决不允许有人在浴佛节期间贩毒，而且聂怀盛也有好多年不碰毒品了，他还让乔梁毁掉以前所有跟毒品沾边的证据，唯独疏忽了这辆车的副油箱。"

说完，岩罕先行告辞走了。

望着岩罕离去的背影，范华阳像是在自言自语："聂怀盛把这个消息露给我们是什么意思？"

宋博衍说:"继续下套,让我们往里钻,聂怀盛这回的动机是要为女儿报仇。"

范华阳说:"我倒是觉得有机可乘。"

宋博衍说:"我也想配合他把戏演完。"

宋博衍突然消失了,消失得无踪无影。范华阳去他的住处蹲守一天一夜,也不见宋博衍回家。距离聂怀盛前往缅甸参加浴佛节只有两天时间了,口口声声要跟聂怀盛进行殊死一搏的宋博衍却不见了。范华阳不知道宋博衍打的什么算盘,他们原本计划在聂怀盛的路虎车的副油箱里藏下毒品,然后在聂怀盛参加浴佛节的时候向缅甸警方举报。这是一个双保险的计划,缅甸的黑白两道都不会放过聂怀盛。实施这个计划有一个核心难题:去哪里搞来四公斤海洛因?

华南警官学院有两个同班毕业的同学分在缉毒队,但是宋博衍和范华阳不敢再去找同学私下帮忙,他们已经连累三个人失去工作。华南警界开始出现关于范华阳和宋博衍的流言,说他们俩不仅把恩师郑远桥害成植物人,还把同班同学拉下水,就连母校的教职员工都受了牵连,出借播音设备的仓库保管员还差半年退休,也被学校开除公职……华南警官学院两个最出色的学生,如今已经成了警界的笑话,从老警察到同学全都唯恐避之不及,就算他俩去找缉毒队的同学帮忙,也会遭到拒绝。这一点,宋博衍和范华阳心里非常清楚。

范华阳找来一堆旧报纸,在报纸的广告信息栏里查到一个办理签证的电话号码,咨询办理前往缅甸的签证和费用。范华阳觉得宋博衍可能要临阵脱逃了,因为聂冉的死对他的打击很大,如果换作自己也好不到哪里去。范华阳在心里原谅了宋博衍,他决定自己一个人行动,跟踪聂怀盛进入缅甸再伺机行事。所谓伺机行事,其实就是没有任何计划的冒险。即使冒险,范华阳觉得也有必要,他认为自己必须做点什么。就在范华阳起身找护照的时候,房门被推开,宋博衍出现在门口,一脸疲惫相。

宋博衍摘下背包,从里面掏出一个装满白色粉末的塑料袋,放在桌子上,对范华阳说:"这是八公斤海洛因,今天晚上去亚合联华车库,装进路虎车的副油箱。"

范华阳走过去，打开塑料袋，用两个手指捏起白色粉末，放在鼻孔下嗅了会儿："你从哪里搞来的真货？"

宋博衍说："别问我从哪里弄来的，你只管今晚把它放进路虎车的副油箱里就好了。"

范华阳接着问道："路虎车的副油箱里只能放四公斤海洛因，你弄来八公斤做什么？"

二十

4月底的中缅边境已经进入盛夏，太阳炙烤着森林和稻田，到处散发着热带地区独有的腐烂味道。

岩罕驾驶着路虎车，只消多半天的时间便赶到瑞丽。

在姐告口岸办理出关手续的时候，聂怀盛倚靠在后排座椅上睡着了。等待通关的车辆很多，排起长长的车龙。突然，一名年轻的交通警察走近路虎车，敲了两下车窗玻璃，示意岩罕落下车窗玻璃。岩罕落下车窗玻璃，冲着交警露出一个和善的微笑。交警对着岩罕敬了一个礼，示意他靠边停车。岩罕十分配合，赶紧把车辆移向路边。那名交警似乎不太满意，打着手势让岩罕把车辆摆正。岩罕耐着性子，摆正车辆后，那名交警又冲他摆手，示意车辆往后退。岩罕有些纳闷，因为以前排队过境的时候，没有交警检查这一关。

年轻交警看到车辆停放进合适位置，这才走到岩罕跟前，做了一个拧钥匙的手势，示意让发动机熄火。

岩罕扭头看了一眼正在睡觉的聂怀盛，把脑袋伸出车窗外，冲着交警小声说："我们老板正在睡觉，熄了火没有冷气，一会儿就热醒了。"

年轻交警说："发动机熄火是我们例行检查的程序，请您予以配合。"

岩罕无奈，只好关掉路虎车的引擎，接着向年轻交警出示驾驶证和行驶证，以及车辆出关的手续。年轻交警看得很仔细，询问得也很详细，一直问到车里的温度升起来，岩罕的鼻尖上已经布满汗珠，年轻交警这才把证件还给岩罕，接着俯下身来，查勘车辆底盘，甚至踢了两下轮胎。接着，年轻交警转到车后面，掀开路虎车的后备厢厢盖，打量着后备厢里塞满的茅台酒和一堆中华香烟。后备厢盖打开的时候,聂怀盛醒过来,不知道是被惊醒的,还是被热醒的。

年轻交警再次转回到岩罕的驾驶位,问道:"车辆有没有携带违禁物品?"

岩罕笑着说:"我们是华南首屈一指的大公司,做的都是合法生意,怎么会带违禁物品呢。"

年轻交警点点头,对着岩罕挥挥手:"好的,您继续排队吧。"

岩罕赶忙发动汽车引擎,先给车里降温,接着问年轻交警:"我怎么没看到你检查其他车辆?"

年轻交警说:"我们进行的是目测抽检。您还有疑问吗?"

岩罕笑着回道:"没有没有,就是随便问问。"

说完,岩罕升起车窗玻璃。

聂怀盛脸上神情有些严肃,他问岩罕:"副油箱里的东西处理好了吗?"

岩罕说:"按照您的指示,今天早晨出车库前,我给换成雪花面粉了。"

聂怀盛说:"那玩意儿呢?"

岩罕说:"今天早晨八点十分,赛耶的人来取走了,我说这是我们聂总送给赛耶先生的贺礼,因为赛耶先生规定浴佛节期间不能碰毒品,所以只好麻烦代转一下。"

聂怀盛倚靠在车座椅里,长舒一口气:"嗯,做正经事情能赚钱,就不要碰那些歪门邪道,但是歪门邪道要跟我们过不去的话,我们也不会跟他客气。"

浴佛节又称佛诞节,是佛祖释迦牟尼的诞辰日。释迦牟尼诞生于公元前565年农历的四月初八,浴佛节在南传佛教也就有了两千五百多年的历史。

赛耶笃信佛教,手下学佛术士投其所好,帮他把贩毒行为美化成善行,美其名曰万物皆可度人度己。有了理论依据,赛耶便把自己的生意场当成道场开拓,遇佛礼佛,遇魔消魔。遗憾的是,一年三百六十五天,赛耶只有在四月初八这一天才礼佛。起初,赛耶也觉得自己"消魔"的时间太多、"礼佛"的时间太少,心中隐隐不安。在这件事上,术士又替他消去心障：你替那些要被你度化的人背负了三百六十四天煎熬，如此大的修行远胜礼佛。

赛耶冥思数日，还是觉得有问题："我一年用三百六十四天修己，众生之苦如何化解？"

术士答："修行先修心，度人先度己。"

赛耶又做冥思："年年复年年，日日复日日，年年修己心，日日度自己，与佛祖普度众生的大义相背离啊。"

术士又答："度人如度己，度己亦度人。"

赛耶自此心安，度人度己，礼佛消魔，一样都不耽误。

四月初八这天清晨，赛耶净发、沐浴、更衣、焚香，然后跪在释迦牟尼像前默念了一段经文。礼毕，赛耶在保镖的簇拥下走出来，与来自世界各地的毒枭以礼相见。印度的加拉瓦给赛耶送上一袭手工缝制的蚕丝长袍袈裟，整件袈裟重量不足四百克。意大利的卡德莉娜为赛耶献上一支伯莱塔92F型半自动手枪，枪柄上镶嵌着上好的绿松石。日本的贵源治的礼物是一把葵纹越前康继的太刀，是江户时代著名的铸刀大师越前康继亲手制作的供奉礼刀。南非的德拉米尼捧上的是一根将近两米长的象牙,象牙已经成为全球禁运物品,没有人知道他是怎么从遥远的非洲鼓捣来亚洲的。赛耶走到聂怀盛跟前,聂怀盛奉上一份礼单,礼单上只录入了茅台酒和中华烟,当然不能写海洛因。赛耶没有看礼单,随手将礼单递给身边的保镖,但是给了聂怀盛一个热情的拥抱。接见完来自世界各地的客人,收了一大堆珍贵礼物,赛耶的情绪也到了顶点,他用英语致辞,然后带领一众贵宾前往花园用餐。

花园里早已摆好冷餐食物和各种酒水,身穿白色制服的厨师穿梭于客人中间,开始陆陆续续上热菜和汤。赛耶举起一杯香槟酒,刚刚要号令来宾干杯,突然,花园入口处掀起一阵骚乱,接着,一队全副武装的警察闯进来。一名领头的警察大声询问道:"哪位是来自中国的聂怀盛先生?"

聂怀盛心中一紧,举手示意。

几名警察迅速扑过来,将聂怀盛控制住。

在缅甸,赛耶是有头有脸的大人物,黑白两道都知道他的底细。但是,从来没有人敢找赛耶的麻烦。因为赛耶贩毒赚来的钱，不是他一个人花，据说政府的所有执法部门都有他的眼线。看到警察前来找麻烦，赛耶感觉很是意外，他走上前去质问领头的警察，为什么抓走自己的客人。

领头的警察态度不卑不亢，对着赛耶说道："我们接到国际刑警组织的消息，聂怀盛先生的汽车上携带大量毒品，所以，我们不仅要逮捕聂怀盛先生，还要审查赛耶先生的所有客人。"

领头警察说完，冲着手下一挥手："做好登记，把所有人全部带走。"

七个月后，缅甸警方传来消息，聂怀盛走私贩毒的证据基本落实。一个月后，受此事件牵连的郭力、陈莉和郭力的女朋友全部回归自己的岗位。陈莉被所在单位通报嘉奖，郭力则被授予二等功。郭力之所以被记二等功，是因为他被停职后还跑到瑞丽姐告口岸，以交警身份调动聂怀盛的路虎车，让其停靠在下水道的盖口上，努力周旋拖延时间，让宋博衍和范华阳在短时间内把副油箱里的雪花面粉换成海洛因。至于范华阳和宋博衍，警方没有为其记功授奖，大概是上面觉得他们的破案手段违规。

一个周二上午，姜处长打电话通知范华阳和宋博衍到刑侦处一趟。一见面，姜处长便扔过来一份文件，是缅甸警方的通报函。原来，中缅警方原定于下周引渡聂怀盛，可是，昨天晚上缅甸监狱发生暴乱，聂怀盛和岩罕被人割颈身亡……

范华阳放下文件，说道："这应该是赛耶下的黑手。"

姜处长点点头："浴佛节上，赛耶在全球的贩毒网络陷于瘫痪，他把这笔账全都记到聂怀盛头上了，你们俩这一招可够狠的。"

姜处长说这番话的时候，脸上的神情看不出任何褒贬之意。说着话，姜处长还把两本红彤彤的毕业证拿出来，递给宋博衍和范华阳。接着，姜处长宣布局里撤销对他俩的处分决定，让两个人第二天就去刑侦处报到上班。

宋博衍把毕业证装进包里，感谢了一番姜处长，最后说道："我这个人自由散漫惯了，不适合做警察，咱们就此别过，以后各自安好吧！"

说罢，宋博衍大步走出刑侦处。范华阳随后追出来，在刑侦处楼下拽住宋博衍。

宋博衍猛一甩胳膊，对范华阳说："别碰我！"

范华阳说："不要像小孩子一样闹情绪，穿上警服、做一名真正的警察是我们从小的梦想，你这么草率地做决定，是对自己不负责任。"

宋博衍冷笑一声："做警察更重要的是要对别人对法律负责任，我一个不能对自己负责的人，你还要劝我做警察吗？"

范华阳似乎动了火气："你冷静一点好不好！"

宋博衍说："这是我有生以来做的最冷静的决定，我还要告诉你，你是我这辈子都不想再见到的人，我之所以跟你联手扳倒聂怀盛，是为了郑主任。现在结案了，我跟你今后就是陌路人，请你自重一点，不要再来打扰我。"

范华阳说："等一等，我还有一个疑问没有解开，那八公斤海洛因是从哪里弄来的？"

没等范华阳把话问完，宋博衍已经出了刑侦处的大门，再也没有回头。

二十一

两年后。

郭力和他的女记者结婚了。婚礼安排在华南一家酒店的露天花园里,婚宴不是十人一桌的聚餐,而是自助式的冷餐,酒水也只有啤酒、红酒和香槟。到场祝贺的男女双方宾客足有两百人,挤满酒店的露天花园,既热闹又时尚。

结婚前夕,郭力从交警队调入看守所,并荣升看守所副所长,是华南警官学院同届毕业生里第一个提副科级的。这么快提副科级,与郭力参与侦破聂怀盛贩毒集团案有直接关系。郭力本来想进刑侦处,他像所有年轻的警察一样,心里都有一颗做刑警的心。毕业时,应届生仅有两个进刑侦处的名额,给了成绩最优秀的宋博衍和范华阳,这让郭力很是羡慕,也有些嫉妒。在学校时,郭力便与宋博衍和范华阳交好,"世纪决战"的时候,郭力内心挺宋博衍,却在范华阳的助威团里递蜂蜜水,算是对两位好友做到一碗水端平。郭力属于品学兼优的好学生，读高中的时候就写了入党申请书，进入华南警官学院第二年便入了党，是学生会重点培养的学生干部。郭力长了一张娃娃脸，就算是穿上警服也让人觉得和善可亲。宋博衍曾经戏谑郭力，说他不适合做刑警，会被犯罪分子调戏。

郭力很认真地问宋博衍："我适合哪个警种？"

宋博衍说："你适合做交警，即便是给人开了罚单，人们也不忍心骂你。"

没想到，宋博衍一语成谶，郭力毕业后真的进了交警队。荣立二等功后，郭力便成为局里重点栽培的干部对象。领导找郭力谈话的时候，郭力表达想去刑侦处工作。可是，刑侦处没有副科级名额，局领导经过反复考量，最终把郭力调到看守所。在刑侦处普通侦查员和看守所副所长之间，郭力选择了看守所，这是一个成熟又明智的选择。"成熟又明智的选择"的评语是范华阳给郭力的。在刑侦处摸爬滚打两年的范华阳，深知做一线侦查员的辛苦，辛苦尚在其次，尤其让范华阳吃不消的是妻子的抱怨。范华阳是警官学院同届毕业生中第一个结婚的，也是第一个做爸爸的，与他结婚的女人是蔡萧。

聂怀盛在缅甸被捕后，亚合联华集团也被警方立案调查，蔡萧这才得以自由。在得知亚合联华被立案的第一时间，范华阳便带领警员去了郊区的木材仓库。看到正在给仓库大门贴封条的警察，蔡萧紧绷的神经终于释放了，她哭着瘫坐在地上，最后是范华阳把她抱上车的。蔡萧在华南举目无亲，范华阳只好把她带回家里，还为她煮了一碗云吞面。等范华阳把云吞面端到卧室的时候，蔡萧已经睡着了，熟睡的脸上还留着斑驳的泪痕。范华阳把云吞面放在桌子上，又在碗上盖了一只瓷盘，这才回到刑侦处上班。

一周后，蔡萧配合警方做完调查笔录，精神状态才有所好转。接下来，范华阳在办案间隙，帮着蔡萧开具警方证明，又去华南师范学院办理补考和补交毕业论文等手续，一直忙活了半个月。半个月后，范华阳向姜处长请了半天假，开车把蔡萧送回红江老家。见到父母和弟弟后，蔡萧一家人又是相拥而泣半天。蔡萧的妈妈是个明眼人，她抱着女儿哭了一会儿，便擦干眼泪招呼范华阳洗脸、喝茶，随后就去厨房张罗饭菜去了。此后，范华阳得空便会跑一趟红江，去看望蔡萧。每回去蔡家，蔡家不仅拿范华阳当恩人感谢，也待他如女婿般亲热。经此波折，蔡萧的心理阴影久久不能去除，常常会在睡梦里惊醒，醒来后还会抱着枕头抽泣许久。因此，她在内心里很期待范华阳的到来，尤其是看到身着警服的范华阳，心里会踏实很多。每个人都需要安全感，尤其是像蔡萧这种有过被非法羁押的恐怖经历的，警察就像是她的救世主一样。

初秋时分，范华阳又帮蔡萧在华南找到一份教师的工作，在一所中学教授历史。范华阳在办案过程中结识了这所中学的校长，校长网开一面，同意蔡萧一边工作一边考取教师资格证。

对于范华阳的帮助，蔡萧心里充满感恩。虽说范华阳外貌是她历任男朋友里面最差的，但却是让她最有安全感的男人。恋爱中的人都会有或多或少的改变，这种改变源于对自己曾经坚持的否定。例如，信誓旦旦要嫁给白马王子的美少女，最终要面对家境贫寒的平庸男，在不得不面对现实的那一刻，美少女和平庸男都要迎来一次破茧般的精神改变。

待到这一年元旦的时候，范华阳和蔡萧这对共患难的年轻人结婚了。婚宴安排在一家极为普通的餐馆，餐馆因为不够体面，从未接过结婚宴席。餐馆老板也是范华阳办案过程中认识的，婚宴宴席的饭菜只收了成本价。即便是成本价，范华阳也是拖延到婚后收了礼金之后，才给餐馆老板付账的。因为婚礼太过寒酸，蔡萧不打算举办婚宴和结婚仪式。范华阳坚持要搞，他算了一笔账，每位到场的朋友人均消费是三十八元（十人一桌，餐馆老板一桌饭菜收费三百八十元），算上酒水也不会超过五十元。但是每位朋友至少随喜一百块钱，一个人身上就能赚五十元，如果有二百人参加婚宴就能赚一万块钱。这也是范华阳坚持婚后才买冰箱、电视机和洗衣机的原因，他早已经盘算清楚了。

结婚前夕，范华阳给宋博衍打电话，发现他的手机已经停机。范华阳去了宋博衍的住处，才知道他已经把原来的房子卖掉。范华阳问了一圈警官学院的同学，没有人知道他的去处。陈莉说有一天在省博物馆，她看见有个人的背影像宋博衍，喊他的名字时，那个背影甚至没有回头，便匆匆离开了。

婚后七个月，蔡萧生下一个女儿，原来两个人是发现怀孕后，才着急忙慌奉子成婚的。女儿取名范依依，依依的皮肤和长相都随了妈妈，这让从小长相猥琐的范华阳甚是欣慰。

在喝依依满月酒的时候，姜处长挤对部下："先斩后奏的毛病，你小子到什么时候都改不了。"

有了孩子之后，生活完全变成另外一副样子。这种改变对蔡萧的影响比较大，产假结束后，她得一边工作一边照顾孩子。迫不得已，蔡萧把妈妈接到华南帮忙看孩子，因为她和范华阳的工资请不起保姆。孩子对范华阳的影响相对较小，他一心扑在案件侦破上，有时候甚至三五天才回一趟家。范华阳每次回家，身上都是一股酸臭味道。他回家的目的有两个，一是看看女儿，二是洗澡换洗衣服。时间稍久，蔡萧禁不住开始抱怨范华阳，甚至动员他调离刑侦处，像郭力那样去看守所工作。对于妻子的提议，范华阳向来不屑一顾，做刑警是他的梦想，他很喜欢调查侦破工作时的状态，好在刑侦处有总也破不完的案子。

三年多来，华南发生了一系列奇怪的博物馆盗窃案，被盗博物馆既有公立的也有私人的，行窃目标都是四面佛。案发现场从指纹到脚印，从目击证人到监控录像，几乎提取不到任何有价值的线索。在华南发生盗窃案的历史上，从未出现过类似情况，说明作案者有着极强的反侦查能力。令人疑惑的是，案犯在偷窃四面佛的时候，即便是旁边有价值更高、物件体积更小的文物，也视而不见。而更为诡异的是，被偷窃之后的四面佛，会在一两个月之后，又被放置回原处。经专家鉴定，放置回原处的四面佛的确是原件，而非赝品。

案情被媒体披露之后，社会舆论一片哗然，网上甚至流传说是中国的蝙蝠侠正在挑战警方，用盗而复还的方式在戏弄警方的无能。网上居然还有了"华南蝙蝠侠"的论坛，在论坛里，"华南蝙蝠侠"的拥趸甚至开始预测下一个被盗的博物馆。也有女网友贴上自己的照片，要做"华南蝙蝠侠"的女朋友，承诺要与"华南蝙蝠侠"联手做江湖大盗，专偷贪官污吏。大概是因为"华南蝙蝠侠"没有造成实质性损失，民间给予这种盗窃行为最大的包容，市民甚至津津乐道地把它当作茶余酒后的谈资。

这一年夏天，姜处长通过人事部门考评和公示后，已经晋升为公安局副局长，而且分管刑侦处的工作。姜处长素以严厉著称，成为姜副局长后，紧锁的眉头更是难得有舒展的时候，因为刑侦处永远都有破不完的案子。就四面佛失窃案，姜副局长亲自主持过好几回刑侦处的案件分析会，督促加快案件侦破力度，以平息社会舆论，挽回警方颜面。第四次案件分析会开了一天一夜，会议上大致确定了侦破方向，案犯不排除有前科犯罪经验或者有警察从业经历的人。经姜副局长推荐，该案件最终落户刑侦处第九专案组。第九专案组新近提拔了一个组长，便是范华阳。

二十二

接手新案件后，范华阳又接连数天没有回家，他组织专案组翻阅了七起四面佛盗窃案的卷宗，随后又调看了所有案发现场前三天的监控录像，仍是一无所获。范华阳伸了一个长长的懒腰，然后弯下腰来，从办公桌下面拎出一盒方便面，他把同事们扔在桌子上的方便面调料袋——收来，全都倒进面碗里。范华阳是出了名的重口味，吃米线能放三勺辣椒酱，最后还要把汤喝掉。稀里呼噜吃完加了四袋调料的方便面后，范华阳给自己点上一根香烟，不等抽完，他已经靠在椅子上睡着了，一直睡到香烟烧到手指。

一周之后，范华阳拖着疲惫的身躯回到家，遭遇了蔡萧一通血泪控诉。一个女人，要一边工作一边带孩子，的确会积累很多怨言和情绪。蔡萧一把鼻涕一把泪地数落着，悲伤的情绪即将被渲染到高潮时，却传来了范华阳的鼾声。

案件继续往前推进，范华阳把专案九组分成三个小队。一小队摸清本市还有哪些博物馆有四面佛，除了加强博物馆巡护之外，还要对现有监控摄像头加以整改，加装隐蔽摄像头。因为窃贼的反侦查能力非常强，所有案发现场的监控摄像头全都遭到遮挡或断线，连窃贼的一根毛都没有拍到。第二小队深入本市的文物市场，走访排查专门倒卖四面佛的嫌疑人。第三小队进行网络搜索，对网络上几个文物交易网站和论坛进行监看，寻找破案线索。

布置完毕，范华阳驱车直奔大相国寺，因为佛教协会在大相国寺。范华阳把警车停在大相国寺停车场，快步走进寺庙，他想找一位精通佛法之人了解四面佛。大相国寺保卫部门介绍，说是佛教协会的余会长便是一位精研佛学的大家。范华阳运气不错，余会长赶巧刚刚从北京出差回来，他很热情地接待了范华阳，并且对四面佛进行全方位解读。余会长很瘦，一张瘦长脸上几乎没什么肉，没有肉填补的脸显得皱皱巴巴。余会长也很健谈，范华阳发现凡是健谈之人都偏瘦。余会长说四面佛不是佛，正确称呼应该为梵神，或者是梵天，原是印度教和婆罗门教三大主神之一。梵神创立宇宙，并创造了梵文。梵神有四面、八耳、八臂、八手，在泰国和缅甸民间极受追捧，被誉为有求必应的神。因为梵神的面部与中国佛像相像，所以中国人把梵神直接形象地翻译成四面佛。

范华阳听得云里雾里，他直接问余会长："四面佛佛像值钱吗？"

余会长撇撇嘴，似乎对类似问题不屑答复："价值取决于心中有佛还是无佛，无佛人的眼里，金佛像比银佛像值钱，银佛像比铜佛像值钱，铜佛像比木佛像值钱。礼佛人的眼里，看重佛像被哪座名寺供奉过，被哪位高僧加持过，而无所谓佛像材质。对于心中有佛的人，有像（相）无像（相）、有形无形都不重要，遑论价值。"

范华阳压根就不相信罪犯是在挑衅警方，他的直觉判断是罪犯在寻找某一尊特殊的四面佛。至于罪犯为什么要把四面佛还回原处，范华阳觉得罪犯属于偏清高型人格，没有找对正主儿也不想占有其他四面佛佛像。范华阳统计过七起失窃案中四面佛佛像的材质，五尊铜质和两尊木质，其中两尊铜质是鎏金的，两尊木质都是名贵的金丝楠木。如果罪犯是在寻找金质佛像，那么仅从重量上也能与铜质、木质佛像进行区分。另外，罪犯每次行窃前必然会去踩点，从展览物品的简介上也能了解这尊佛像的材质，他为什么还要前来行窃？由此看来，罪犯的确是不在意佛像的材质。

范华阳继续问余会长："有没有这样的四面佛佛像，它有着与众不同的特殊意义，或者有独特的历史价值？"

经此一问，余会长把他皱皱巴巴的瘦长脸仰成四十五度，眼睛眨巴几下，说道："有，有一尊四面佛来头非常大，可以追溯到两千多年前的印度阿育王。"

听余会长这般说，范华阳也来了精神："余会长，别的不聊了，您就给我讲讲这尊有来头的四面佛吧。"

余会长喝了一口茶，徐徐说道："阿育王最早是通过武力统一印度的，他的最后一役是征服羯陵伽国，阿育王目睹了十万之众的羯陵伽国人遭遇屠杀，神勇无比的阿育王在那一刻突然流泪了，他命令手下的军队停止屠杀，也就此停止了印度孔雀王朝的对外武力扩张。不再打仗的阿育王皈依佛门，还把佛教立为印度国教。为了弘扬佛法，阿育王派出大德高僧将佛祖舍利送往世界各地，仅在中国就建了十九座佛祖真身舍利塔。"

范华阳忍不住插嘴："缅甸呢？"

余会长说："不知道阿育王送到缅甸多少佛祖舍利，自那之后，佛塔就像雨后春笋一般在缅甸处处修建。但是，其中一枚佛祖舍利没有建塔供奉，而是封嵌在一尊四面佛中，我想大概与东南亚一带尊崇梵天神有关。所以，这尊四面佛就此成了缅甸的国宝,在缅甸宫廷里世代相传。"

范华阳问道:"也就是说,世界上最有价值的四面佛在缅甸。"

余会长摇了摇头:"距今大概三百多年前,这尊四面佛到了中国,而且就在华南。"

范华阳站起身来,给余会长斟了一杯茶。

余会长继续说道:"这事儿还得从吴三桂说起,他凭一己之力抵抗三股抗清势力,南明、大顺和大西——败在他的手上,最终挺进华南把永历皇帝赶到缅甸。至此,吴三桂已为清廷立下汗马功劳,他本可以就此罢手,可吴三桂居然上书顺治帝《渠魁不翦三患二难》,罗织不剿杀永历帝的忧患。顺治帝当然乐得坐享其成,遂派侍卫大臣爱星阿为定西大将军,率领八旗军由北京开赴华南,协助吴三桂进兵缅甸,捉拿永历帝。兴许是天灭永历帝,当时的缅甸王莽达已经接受了永历帝来避难,可莽达的弟弟莽白突然发动政变,杀死其兄继位缅甸王。"

范华阳有些急不可耐:"这里面没有四面佛什么事啊。"

余会长又喝了一杯范华阳斟的茶,咽下一口回甘,接着自己的思路说:"刚刚继位的莽白眼看大兵压境,急忙活捉永历帝,献给吴三桂。莽白担心吴三桂举兵兴事,不仅献出永历帝,还附送了宫廷里一批奇珍异宝,其中就包括封嵌着佛祖真身舍利的四面佛。吴三桂押着永历帝回到华南后,与爱星阿发生争执,因为爱星阿主张押解永历帝回京,交由顺治帝处置。而吴三桂坚持要把永历帝就地正法。两个人相持不下,便上书请奏。一个月后,顺治帝复旨,'仁皇帝命恩免献俘','着将永历正法'。"

范华阳问道:"什么意思?"

余会长说:"顺治下旨,就地杀了永历帝。"

范华阳说:"顺治老儿够狠的,大明的皇帝说杀就杀了。"

余会长说:"再狠也狠不过同族同胞,顺治乃是旗人,吴三桂可是汉人呐。吴三桂拿到顺治帝的圣旨后,准备对永历帝实施斩首。幸亏爱星阿极力反对,'彼亦曾为君,全其首可也'。就是说旗人爱星阿为永历帝求情,说他曾贵为一国之君,应该给他留一个全尸。吴三桂也不想得罪旗人,便折中了一下,让心腹关国贵用弓弦把永历帝勒死于华南篦子坡,后人将篦子坡改为逼死坡。"

范华阳执着地问道："四面佛呢？"

余会长说："数次争执，吴三桂担心与爱星阿伤了和气，便把缅甸王莽白呈送的奇珍异宝，全部送给了爱星阿带回了北京。"

范华阳说："敢情这尊四面佛又去了北京？"

余会长说："非也，吴三桂当时独独留下了四面佛。"

范华阳笑道："余会长，您是说评书出身的吧。"

余会长微微一笑："留下四面佛倒不是吴三桂识货，而是他从来没有见识过四面都有佛脸的佛像，担心有歧义引起爱星阿不快，便独独留下四面佛在华南。"

范华阳问道："后来呢？"

余会长说："后来，便再也没有见到过有关这尊四面佛的记载。"

范华阳有些失望："丢了？"

余会长意味深长地笑道："世间灵性之物岂能说丢就丢。大概三年前，本地富豪聂怀盛在他的私人会所举办过一个规模很小的展览，其中有一尊四面佛，佛像为千年金丝楠木雕刻而成，佛像下端有一漆封，漆封上是梵文的六字箴言。我当时便闪过一丝念头，这极有可能就是那尊封嵌佛祖真身舍利的四面佛。"

范华阳问道："您也没见过真品，为什么会判断是这尊四面佛？"

余会长颇有些得意，说道："因为这种漆封工艺已经失传两千年了。"

二十三

在扣押证物的登记档案里，范华阳发现金丝楠木四面佛封存在市公安局扣押证物的仓库里。范华阳拿到姜副局长的批示后，费了半天劲，终于在仓库里找到金丝楠木四面佛。范华阳轻轻掸去佛像上的灰尘，金丝楠木露出岁月沉淀的厚重光泽，这光泽温润沁人，让人颇有安逸之感。四面佛的底部果然有一处很隐秘的圆形修补痕迹，隐约可以看出痕迹呈暗红老色，上面的六字箴言已经模糊难辨。如果不是余会长提前点破，范华阳肯定会以为这是佛像破损后修补的痕迹。范华阳办理好证物借阅手续，将金丝楠木四面佛送到仓库隔壁的物证检验处，通过X光机透视后，发现佛像底部确实有类似中空构造，中空处有一块3.3厘米×2.1厘米的不明物体。范华阳心中了然，按照公安局内部证物管理规定，他很快将四面佛交还回仓库。走出仓库后，范华阳绕着仓库转了一圈，发现整个仓库外围仅有两个监控摄像头。估计是证物仓库地处公安局内部，压根就没有把防盗监控当回事。范华阳迅速向刑侦处领导做了汇报，在仓库四周加装四只隐蔽摄像头。

范华阳回到专案九组，得知三个小队均无进展，没有获得有价值的破案线索。一时间，案件推进陷入停滞状态。范华阳刚刚准备召集九组侦查员开会，突然接到妻子蔡萧打来的电话，说她已经考虑很久了，这回下定决心要跟范华阳离婚。

范华阳苦笑道："萧萧，你能消停一下吗，我现在手里的案子正好是要劲的时候，你得体谅我。"

蔡萧说："我不想再体谅你了，华阳，咱俩不合适，我们离婚吧。"

范华阳敷衍道:"好了好了,找个时间,咱俩坐下来好好聊离婚的事儿。"

电话那头的蔡萧沉默片刻,说道:"那你今天早点回来,我们坐下来好好聊。"

说罢,蔡萧挂断电话。

蔡萧的电话刚刚挂断,110报警电话接通刑侦处第九专案组,原来是古玩城一家店铺失窃,失窃物品恰好又是一尊四面佛。范华阳带着专案组火速赶到古玩城,在那家临街失窃的店铺里展开现场勘查。与以往七起案件一样,案发现场没有留下任何有价值的线索,犯罪分子只拿走店铺里的一尊十二炼精铜的四面佛。范华阳心里清楚,不可能从案发现场得到更多线索,他安排组员走访外围,把昨天晚上十一点到今天凌晨五点预估为案发时间。摸排走访持续到下午五点,终于从临近一家银行保安处得到一条有价值的信息:凌晨三点左右,两名银行保安员例行巡逻时,发现一名戴棒球帽的男人,此人身高一米八左右,体格魁梧,后背上背着一只背包。银行保安将其拦截下,准备对他进行询问,结果该男子夺路而逃。两名保安随后追至北京路和长春路路口交叉处,三人发生简短的撕扯打斗,该男子最终逃脱。

范华阳立刻驱车赶往交警队,调出打斗路口三点前后的监控录像,果然有两名保安追赶一名戴棒球帽的男子。因为像素太低,根本看不清棒球帽男子的面部。两名银行保安所说的撕扯打斗,其实是被打挨揍。两名保安追至路口处,棒球帽男子只用了不到二十秒的时间,便将两名保安打倒在地,随后扬长而去。

短短二十秒钟的监控录像,范华阳反反复复看了有十多遍,他最后拍下暂停键,在心里暗叫道:"宋博衍,这是宋博衍!"

在这段二十秒钟的打斗中,棒球帽男子使用过一次回马肘,将其中一名保安打趴在地上。而这记回马肘对范华阳来说,绝对是印象深刻,使用者先是往前跟跄两步,让你误以为他站立不稳,就在你要趁势攻击时,他却将整个身体后仰倒地。在你不明就里之时,只觉得面部传来一阵剧痛,接着就能听见自己鼻梁骨沉闷的断裂声。华南警官学院1999年的"世纪决战"恍如昨日，自己鼻梁骨沉闷的断裂声仿佛还在耳边，除了宋博衍，还有谁能够将回马肘用得这般娴熟和潇洒。

范华阳没有向专案组透露自己的发现，只是抽调一队组员全力以赴寻找宋博衍的下落。三天过后，该小队没有发现宋博衍的任何行踪。从银行卡消费到酒店开房，从失业登记到就业登记，没有宋博衍的任何记录。最后，范华阳亲自跑了一趟出入境管理局，总算查到宋博衍有过数次进出缅甸的记录。范华阳把宋博衍每一次进出缅甸的时间做了分析：第一次进入缅甸的时间，应该是跟随老师郑远桥拜访一位隐姓埋名的线人，调查赛耶、波刚与聂怀盛贩毒案件。第二次进入缅甸的时间，则是聂怀盛即将去缅甸参加浴佛节的前夕。难道宋博衍是从缅甸搞来的海洛因？栽赃聂怀盛那八公斤海洛因，一直都是压在范华阳心头的一个谜，但是宋博衍压根就不想跟自己做任何解释。扳倒聂怀盛之后，宋博衍便消失了，范华阳只能把这个谜留在心里。

接下来，宋博衍在将近三年时间里七次出入缅甸，时间点都是在华南每一起四面佛被盗案之后，停留时间不超过两天。

在这七个时间节点完全吻合之后，范华阳越发相信，宋博衍就是华南八起四面佛盗窃案的元凶。可是，宋博衍为什么要偷窃四面佛佛像呢？偷走之后为什么还要还回来呢？每次偷走佛像后去缅甸干什么？

想到这里，范华阳迅速拟出一份格式公函，发往出入境管理局。这是一份在出入境口岸拘捕宋博衍的协查通知，因为按照惯例，古玩城的四面佛失窃后，宋博衍会很快前往缅甸。协查通知发出后，范华阳又在古玩城失窃店铺周围布防守候，准备在罪犯归还佛像时予以抓捕。

为了隐蔽布控，趁着古玩城白天人多的时候，范华阳带领专案组着便衣进入失窃店铺外围。范华阳根据现场地形，悄悄地安排侦查员各自的藏身蹲守位置。就在此刻，失窃店铺的老板一手拿着一尊四面佛，一手牵着一个十几岁的男孩走出店面，冲着远处的范华阳招手。范华阳快步走了过去，心里暗骂老板不该这般张扬。

失窃店铺老板举着手里的四面佛，对范华阳说："有人托这个孩子把四面佛送回来了。"

二十四

出入境管理局没有宋博衍的出境记录，为什么这一次与前七次不同？而且，佛像还回来的速度也比以前七次快，范华阳百思不得其解。按照前期推演，范华阳只能猜测宋博衍每次得手后，都要带着四面佛前往缅甸验证。第八次得手后，或许是他自己做了排除，确定这尊四面佛不是自己想要的，所以就没有前往缅甸。

古玩城的四面佛失窃案被都市报记者得知后，连篇累牍做了一个整版报道。结合前七次佛像被盗案例，记者用了"八盗八还，窃贼与警方玩起猫鼠游戏"的标题。这个标题的用心很明显，窃贼是猫，而警方成了被戏弄的老鼠。对此，警方高层颇有微词，觉得都市报报道倾向是在变相鼓励罪犯。警方高层的不满到了范华阳这里，就变成了巨大的压力。况且，范华阳的压力不仅仅来自工作方面，他跟妻子蔡萧的关系也日渐恶化。对于范华阳来说，这是一个解不开的死结，他要想破案，就必须耗上更多时间和精力。一旦把时间和精力交付给工作，就无法陪伴老婆和孩子。范华阳也有明显感觉，女儿依依跟他不亲。三岁的孩子正是黏人的时候，可依依见了范华阳就躲得远远的，像是看见了陌生人。范华阳向蔡萧做了很多回保证，保证侦破了四面佛盗窃案就调动工作，至少在刑侦处转做内勤。

在范华阳连续一周没有回家之后，蔡萧给范华阳发来一条信息，说她带着女儿出去租房子住了，范华阳差点把手机摔在地上。他在刑侦处的例会上刚刚被领导点名批评过，用姜副局长的话说，一将无能累死三军，一个案件办不好祸害整个警方。背上一个"祸害整个警方"的锅，如何能不让范华阳恼火。即便如此，范华阳还是把该汇报的案情咽回了肚子，他不想"出卖"宋博衍，更主要的是，"出卖"的证据严重不足。领导追问起来，他只有一段似是而非的"回马肘"监控录像，以姜副局长的脾气能一脚踹翻范华阳。

范华阳今天晚上没有加班，他先是回了一趟家，发现蔡萧果然把她和女儿的物品全部带走了。租房子不是一两天就能搞定的事情，看来妻子谋划分居已经很长时间了。餐桌上放着两份手写的离婚协议书，协议内容大概是各自物品归各自所有，蔡萧坚持要女儿依依的抚养权，共同财产和银行按揭的房子协商解决……

范华阳揣着两份离婚协议走出家门，在家附近一个路边摊烤了两个羊腰子，外加二十个羊肉串，又喝了三瓶啤酒。自从做了第九专案组组长以来，他从未敢放开量喝啤酒，因为担心随时要出现场。刑侦处专案组组长行政级别是科级，刑侦处十五个专案组，只有三个组长没有行政级别，其中包括范华阳。虽说没有行政级别，但却是荣誉象征，各专案组组长都是刑警中出类拔萃的。范华阳喜欢做警察，更热爱刑侦工作。范华阳心里十分清楚，自己不是一个好丈夫，也不是一个称职的爸爸……想到女儿依依看自己时那陌生的眼神，这个倔强的男人禁不住流泪了。他清楚地意识到，今晚必须在工作和家庭之间做一个抉择，可这个抉择实在太磨人了，舍弃哪一端都是锥心般的刺痛。权来衡去，终究无法取舍，范华阳喝干最后一口啤酒，起身朝着医院走去，他想去看一眼恩师郑远桥。

郑远桥在病床上已经躺了五年，这位曾经叱咤国际刑警界的风云人物，如今对这个世界全然无感也无知。命运就是这样弄人，谁都无法预料自己的人生会在下一步迈向何方。望着老师安详的面庞，范华阳叹了一口气，对着郑远桥絮絮叨叨倾吐着心中的郁闷和不快。遗憾的是，恩师再也无法为他解惑，更无法给予他安慰。

护士进病房查夜，看见范华阳扔了一地纸巾，她用奇怪的眼神看着特护病房里的男人，说道："一个老倌还哭个啥样，前不久还有一个小伙子，也是在这里哭得眼泪巴撒的，你们都是咋个了？"

范华阳赶忙擦干眼泪，问护士："那个小伙子是不是个子很高，人很帅？"

护士回忆了片刻，说是有点高，也很帅。

范华阳又问道："他什么时候来的？他经常来吗？"

护士说："大概有一个月了，不经常来，我就见过他一回。"

范华阳旋即起身，急匆匆走出病房，一路小跑回到刑侦处。范华阳跑得一身臭汗，进了刑侦处后，一头扎进档案室，找到聂怀盛案件的一大摞卷宗。他从卷宗里找到一份亚合联华公司副总的询问笔录，又从询问笔录中找到这位副总为聂冉购买墓地的交代，并将聂冉墓地地址记录在笔记本上。合上笔记本，范华阳点上一根烟，他朝着半空中吐出一个悠然的烟圈儿，似乎对自己的判断充满自信，因为下个周一就是聂冉的忌日。

二十五

远处的滇湖像一面镜子，静静地仰卧着，以便流过的白云、飞过的红嘴鸥看见自己。极目远方，范华阳觉得滇湖消失在一线天的地方，并非像宋博衍以为的那样，华南没有地平线。自宋博衍说"华南没有地平线"以来，范华阳还真心留意过，办案这四年以来，他几乎跑遍整个西南三省，在能够想起这句话的时候，还真的没有见过地平线。可是滇湖就能看见地平线啊，原来，宋博衍抱怨看不见的地平线竟然就在他身边。

今天是聂冉逝世四周年的忌日，范华阳一大早就赶到风华园墓地，他寻了一个隐蔽处躲藏起来，隐蔽处恰好能够看见聂冉墓地。范华阳非常了解宋博衍的性格，他肯定会在这一天来祭扫聂冉。

上午九点时，聂鹏跟两位岁数稍大的亲戚来了，他们在聂冉墓碑前摆放了鲜花和水果，待了大概有十几分钟就离开了。聂鹏早就毕业了，一直没出去工作，整日待在家里睡觉、喝酒、玩游戏。家道中落，再加上失去两个亲人，让这个飞扬跋扈的公子哥在精神上彻底崩溃了。

聂鹏一行三人离开后，整整一个白天的时间，宋博衍没有露面。日暮时分，范华阳的肚子早就饿得咕噜噜叫了，他从口袋里掏出两块大白兔奶糖，剥开糖纸一并塞进嘴里。大白兔奶糖是他童年最美好的记忆，这个情结一直保持到现在。侦查员的工作性质让他们不可能准时准点吃饭，因此，刑侦处所有外勤侦查员的口袋或挎包里都会装着糖块和巧克力。两块大白兔奶糖在范华阳嘴里融化殆尽的时候，太阳也即将落山了。就在此刻，远处一个高挑的身影拿着一束玫瑰花走进陵园，来人正是消失四年的宋博衍。走到聂冉的墓碑前，宋博衍把玫瑰花放下，俯下身来亲吻了聂冉墓碑上的照片。夕阳最后一抹余晖洒在宋博衍的脸上，范华阳能清晰地看见他消瘦脸颊上两行闪亮的泪痕。

范华阳没有着急露面，他于隐蔽处静静地望着宋博衍，一直等到他要转身离开的时候，这才迎了过去。

范华阳率先开口："好几年找不着你人，你小子抱窝孵卵呢。"

宋博衍抬头看了一眼范华阳，眼神中虽有惊诧，却稍纵即逝，随之而来的是如同黑夜般的冷漠。宋博衍没有言语，他扭回头去，用右手拇指轻轻地擦拭着墓碑上聂冉的照片，那般轻柔拿捏就如同是在抚摸聂冉的脸庞，让人不忍直视。擦拭完照片上的尘土，宋博衍把右手拇指含进嘴巴里，轻柔地吸吮一口，像是亲吻着聂冉。抽出手指后，宋博衍转过身去，大踏步地走出陵园，压根就没有再看范华阳一眼。

范华阳大步流星地跟上去，一把抓住宋博衍的胳膊，用他一贯的粗口骂道："鸡巴被阉了，别把自己整得跟个来月经的娘们似的。"

宋博衍向身体外侧翻转自己的胳膊，用反擒拿摆脱了范华阳的抓握，继续大步往外走。

突然，范华阳从腰里拔出手枪，大喝一声："站住！我怀疑你是八起偷窃四面佛案件的嫌疑犯，现在对你实行抓捕。"

宋博衍回头看了一眼范华阳的手枪，撇下一抹藐视的眼神，回过头去继续往前走，嘴里终于发出了声音："操！"

范华阳举起枪来，对着空中扣下扳机，一声清脆的枪响震彻陵园。

范华阳再次把枪口指向宋博衍，大声问道："为什么要偷四面佛？"

枪声响过，宋博衍站住了，并且转过身来，居然还朝着范华阳的枪口迎了上去。走到枪口前不足一尺的地方，宋博衍站住了，大声吼道："我知道你喜欢做警察，也喜欢玩枪。"

宋博衍用手指着聂冉坟墓的方向，接着说道："那里躺着我的女人和孩子，她们就是被你没换的子弹打死的，来啊！心脏在这里，开枪啊，把我也打死，开枪啊！"

范华阳无奈地苦笑着，赶忙把手枪收起来，他把声音降下来："告诉我，你为什么要偷四面佛？"

宋博衍反问道："我不信佛，我偷四面佛干吗？"

范华阳说："你得给我一个理由，专案组侦查员就在陵园外面埋伏着，刚才枪响了，他们马上就会冲进来，你必须给我一个理由！"

宋博衍冷笑道："四年刑警你白做了，抓人要有证据，不能凭空怀疑。"

宋博衍的话刚刚说完，刑侦处第九专案组的三名侦查员便冲进陵园，用手枪指着宋博衍，其中一名侦查员掏出手铐。

二十六

四面佛失窃案交由刑侦处第五专案组审理，这是姜副局长亲自拍板敲定的，因为范华阳是宋博衍的同门师兄弟，这样一是为了避免范华阳徇私舞弊，二是为了宋博衍受到公正的审讯。对于这个决定，范华阳心有不甘，他亲自去找姜副局长理论。华南地区连续三年发生八起四面佛佛像盗窃案，从警界到普通百姓都在盯着这个案件的进展，破获影响力较大案件是立功的好机会。有了立功表现，范华阳就能解决副科级的行政待遇，成为专案组真正的组长。熬了多少心血才得以破案，抓到元凶后却转交别的专案组审理，这让范华阳怎么能不恼火。

走进姜副局长办公室，范华阳拉着脸一副极不情愿的样子。他一屁股坐进姜副局长办公桌前面的椅子里，甚至给自己点上一根烟。这是范华阳第一次在姜副局长办公室里抽烟。姜副局长自己也是个老烟枪，却闻不了别人抽烟的味儿，所以极少有下属敢在他的办公室抽烟。姜副局长正在一摞例常审阅文件上签字，只抬头看了一眼范华阳手里的香烟，转而继续低头签字。

范华阳深吸一口烟，抱怨道："我破的案子，移交给别的专案组立功，这个在刑侦处没有先例吧？"

姜副局长仍旧没有抬头："宋博衍如果拒不交代，作为同学加哥们，你好意思给他上手段？"

范华阳说："证据确凿,他有什么可抵赖的？再说了,我秉公办案,压根就没考虑这些。"

姜副局长继续在文件上签字："别纠结了,赶紧办新案子去,这是局办公会已经决定的事情。"

范华阳情绪有些激动："这样对我不公平！"

姜副局长抬起头来："你们处长都不敢在我屋里抽烟,你给我滚出去！"

一个月后,宋博衍盗窃四面佛的案件卷宗移交检察院。范华阳从第五专案组打听到,宋博衍对八起四面佛盗窃案供认不讳,但是没有供出作案动机。据说,宋博衍说自己没有动机,就是觉得好玩,如果有动机怎么会把佛像再还回去呢。最后,检察院也勉强接受了宋博衍的这个作案"动机",还额外附赠一项不是罪名的指控——戏弄警方,挑衅法律。

半年之后,法院对宋博衍盗窃案作出判决,判处宋博衍有期徒刑三年。这个量刑出乎范华阳的意料,他本以为宋博衍的八起盗窃案没有造成任何损失,应该免除刑事诉讼。范华阳又一头扎进姜副局长办公室，这回他没敢抽烟，说话音量也降低了。因为破获宋博衍四面佛盗窃案，范华阳和第五专案组组长荣立二等功。而且，范华阳的行政副科级已经进入局内公示阶段。

范华阳以一个副科级该有的姿态和语调试探着问姜副局长："宋博衍怎么会判这么重？"

姜副局长说："戏弄警方，挑衅法律，造成极坏的社会影响，这个量刑标准很恰当。"

范华阳嗫嚅道："他曾经也是一名警察呀。"

姜副局长说："他还没有正式穿过警服，而且他也拒绝穿警服。"

姜副局长顿了顿，说道："这就是当初让你把这个案子移交第五专案组的原因。干我们这一行，如果在办案过程中掺杂感情因素进去，那就是一脚在专案组，一脚在监狱。"

范华阳迟疑了会儿，又替宋博衍辩解道："可是……侦破聂怀盛犯罪集团案，宋博衍毕竟出过力、立过功的。"

姜副局长脸色有些不悦："你晋升副科级，还有人提及你侦破聂怀盛案件时采取了极端方式,我已经帮你遮掩过了,说是宋博衍主导采取的极端方式,你就不要再给他洗白了。"

范华阳一天拿到两份文件,上午拿到的是局里公布他晋升副科级的红头文件,下午拿到的是民政局发的离婚证。命运就是这般弄人,福兮祸所伏,祸兮福所倚。

下午走出民政局门口的时候,依依问范华阳:"爸爸,我们以后就不是一家人了,对吗?"

女儿的一句话,差点把范华阳的眼泪问出来,他一把抱起女儿,在她耳边轻声说:"爸爸因为工作太忙,暂时跟你和妈妈分开,但我们永远都是亲人,最亲的亲人。"

放下女儿,范华阳又对蔡萧说了一些表达歉意的话。

蔡萧淡淡地苦笑一下,对范华阳说:"其实,你没有错,一个敬业的刑警应该被社会认可、被市民赞誉的,只是我们俩的诉求不在同一点上。我也没有错,我就是一个向往过平静日子的小女人。你好好保重自己的身体,不要抽那么多烟。"

二十七

宋博衍在贵州一所监狱服刑刚够一个月,便被转到华南第四监狱。到第四监狱的第二天,管教例行公事提审宋博衍,无非就是问询一些程序化的问题。走完正式程序后,管教带着他走进一间密闭的接待室,接待室里有一个身着警服的男人坐在里面。那个男人对着管教点点头,管教悄悄退出接待室,并关上房门。

接待室里沉寂了足有一分钟,宋博衍很懂规矩地低着头,不停地抠着自己手指甲里的污垢。

一声干咳之后,身着警服的男人开口问道:"习惯监狱改造的生活了吗?"

宋博衍差点抬起头来,因为这个声音非常耳熟,他强忍着好奇心,大声回答:"报告政府!非常习惯。"

着警服的男人说:"行了行了,抬起头来,别装了,你到底是怎么回事?为什么要偷四面佛?"

宋博衍这回听出声音来了,他抬起头来,发现身着警服的男警真的是郭力。一时间,宋博衍不知道该如何应对,他张了张嘴终究没有叫出"郭力",但也没有再叫"政府"。宋博衍咽了一口唾沫,润了润嗓子眼儿,干脆什么都不称呼:"你……你是来看我的?"

郭力笑了笑:"我是来管你的,我从看守所调过来半个月了,任副监狱长。"

宋博衍也跟着笑道:"看来我运气不错,有人罩着我了。"

郭力说:"别臭美了,哪里是你的运气好,是姜副局长出面做的工作,把你从贵州监狱转过来的。"

宋博衍有些诧异:"姜副局长?"

郭力说:"是姜副局长,他还让我跟你说,好好改造,争取减刑。"

宋博衍文学基础比较好,读过很多杂书。根据他的特长,郭力把他安排在监狱图书馆,这里的工作比较轻省,而且还能读书。监狱图书馆毗邻监狱食堂,食堂到图书馆有一条曲尺形走廊，走廊里有四块黑板，除了贴一些宣传标语，别无他用。郭力向监狱长建议后，便让宋博衍负责四块板报的策划、更新和书画。囹圄内的时光必须靠一些东西来打发，而读书和画板报恐怕是监狱里最奢侈的工作。自此之后，走廊里的四块板报每周更新一次，从法律条文到改造心得，从文学知识到幽默笑话，从松柏花卉插图到装饰板报的彩条气球，宋博衍面面俱到，四块板报搞得风生水起活泼跳跃。以前，狱警们也搞过板报，服刑人员每天来来回回走六趟，几乎没有人抬头看过板报。时间久了，服刑人员懒得看，狱警们也懒得办，这四块黑板就一直空着。宋博衍办的板报，不仅服刑人员喜欢看，连狱警们都会一字不落地看。因为宋博衍在其中一块板报上做了一个狱警和服刑犯人的互动专栏，专栏大多以正能量的表扬和感谢为主，类似于狱警们为服刑人员排忧解难，服刑人员为狱警针灸、按摩、改装电脑、修理手表等等。当然，板报内容不能由着宋博衍独自说了算，每一期板报内容先由宋博衍在草纸上画好版式和内容，交给郭力审查。郭力会用红笔标记一些改动，然后再递交监狱长审阅。如此一来，宋博衍便会在板报的末尾署上监狱长和郭力的大名，监狱长是主编，郭力是副主编。

监狱长对宋博衍说："你的名字也应该署在板报上，编辑宋博衍。"

宋博衍马上立正站好："报告政府，我的名字在这里是0438号。"

监狱长走后，郭力笑着对宋博衍小声说道："你真是个死三八！"

华南省第四监狱服刑人员办板报一事上了报纸，接下来，电视台和网络媒体也派来记者进行采访报道，后面还有兄弟监狱前来观摩取经，宋博衍几乎成了服刑犯人里的明星。年底，监狱长就把为宋博衍减刑的申请报告递交到了中级法院。

宋博衍服刑期满一年的时候，他瞅准一个机会，让自己在监狱里的自由度变得越来越大。有一次，赶上新一期板报完成，监狱长和郭力吃完午餐正驻足看板报。

宋博衍适时插嘴道："现在网络时代，微博将是未来最热门的社交媒体，也是我们模范监狱不可或缺的宣传阵地。"

监狱长问宋博衍："我也听说过微博，据说在网络上的影响力非常大,你会弄微博吗?"

宋博衍说:"报告政府!微博没有难度,注册一个第四监狱的官方账号,然后上传内容就好了。"

监狱长又问道:"作为监狱,我们的微博做什么内容呢?"

宋博衍说:"报告政府!我们监狱的微博当然以普法教育、改造救人为主,然后将每一期板报内容上传,让全世界的监狱看到我们是怎样改造和挽救罪犯的。"

一周之后,宋博衍拥有了一台电脑,用来维护第四监狱的官方微博。当然,电脑放置在监狱图书馆,宋博衍只有工作的时候才能使用,还要有狱警在一旁监督。为了安全起见,监狱给宋博衍配备一名狱警"协助工作"。宋博衍只负责起草微博内容,以纸质上报给"协助"他工作的狱警,再由狱警上报给郭力,层层把关。等到微博内容审核通过,再由"协助工作"的狱警上传至第四监狱的官方微博。

但是,老虎也有打盹的时候,狱警也不可能每时每刻盯在他的屁股后面,宋博衍总有机可乘。某日,"协助工作"的狱警接了一个私人电话,宋博衍便以上网浏览新闻为由坐到了电脑前面。宋博衍悄悄登录了QQ账号，先是设置了隐身，然后注意到一个叫Thakin的人发了三十九条信息。宋博衍赶忙点开Thakin的信息，全部都是询问自己下落的讯息，最后一条信息是：听说你被警察抓了，还要坐三年牢，三年过后已经超出我们五年的契约，我只能杀人了。

宋博衍急忙回复：我正在想办法提前出狱，我发誓会在契约内把四面佛送到缅甸。而且，我需要看到John一家人手持昨天报纸的照片。

关掉与Thakin的对话框后，宋博衍又进了警官学院的同学群，下载了范华阳的头像。随后，他把警官学院的同学全部屏蔽，只留下陈莉。接着，宋博衍把自己的头像换成范华阳的头像，又改了自己的QQ名。范华阳的QQ名字叫"江畔何人初见月"，宋博衍将自己QQ名字改成"江月何年初照人"。

这时候，Thakin回复信息了：希望你能完成我们的契约，John一家人的照片明天发给你。

宋博衍回复Thakin：好的，我明天等照片。

关掉与Thakin的对话框，点开"网监处陈莉"的头像，宋博衍给陈莉发送一个信息：莉莉，我正在办一个案子，请帮我查一个QQ号，蔡萧，女，29岁，职业是教师，拜托了！

信息发送出去之后，宋博衍迅速草拟一条一百多字的微博，不涉及具体内容，只是一个关于监狱开通微博的广而告之的告示。几经修改的微博内容敲定后，宋博衍把完稿誊写出来，刚刚放下笔，便看到陈莉的回复：神探范，你办案子办到前妻头上了？蔡萧不要旧人，连旧的QQ号也不要了吗？好吧，我权当是公事公办，蔡萧的QQ号是：19691231。

宋博衍刚刚关掉QQ界面，"协助工作"的狱警便端着茶杯走过来。

二十八

范华阳两次前来第四监狱探监，都被宋博衍拒绝会见。但是范华阳通过狱警转交给他的香烟，宋博衍全抽了。郭力曾经找宋博衍谈过话，问他为什么不见范华阳。

宋博衍说："他是我命中的克星，我的女人和孩子全因他而死，我也是他亲手送进监狱的，我一辈子都不想再见到范华阳。"

宋博衍撰写的微博，像他的板报一样受关注，因为他总能适时抓住社会热点，观点评论也中肯到位，微博用户名已经被微博平台挂上黄"V"标，粉丝很快过万。加上有郭力一旁"助攻"，监狱长对宋博衍维护的微博内容大为赞扬。宋博衍则趁热打铁，他以阅览网上热点事件为名，又申请了两个小时的晚间上网时间。监狱长痛快答应了，条件是要由"协助工作"的狱警陪同。宋博衍要来两个小时的晚间上网时间，主要是跟蔡萧QQ聊天。"协助工作"的狱警"协助"两天之后，宋博衍便给他手机下载了一款过关挣积分的游戏，他玩得不亦乐乎。

网聊半年之后，蔡萧对宋博衍已经无话不说，有些话题甚至涉及个人最隐私的部分。蔡萧还承诺，等宋博衍刑满出狱的时候，一定会亲自到监狱来接他。其实，两个人本来就不陌生，第一次在大排档消夜的时候，就是宋博衍出手英雄救美。

接下来,蔡萧被聂怀盛"软禁"在别墅,也是宋博衍发现并施救。只是当时蔡萧的家人遭到胁迫,她不得不屈从聂怀盛。每每回忆起此事,蔡萧对宋博衍还会略感愧疚。

有天晚上,蔡萧和宋博衍QQ里闲聊:我听范华阳说你在学校读书的时候,谈过很多女朋友,你肯定是个花心大萝卜。

宋博衍回复道:树欲静而风不止啊,这都是人太帅惹的祸,我能做到最好的就是尽量不让任何一个美女伤心。

蔡萧:你是如何得手,又是如何从一个个美女那里脱身的呢?

宋博衍:一般要用三首歌搞定一段爱情,泡妞的时候用《偏偏喜欢你》,热恋中用《亲亲我的宝贝》,最后脱身的时候用《找个天使来爱你》。

蔡萧:这是社会上标准的渣男做派。

宋博衍:范华阳不算是渣男,你还是一样跟他离婚了。

蔡萧:……

两个人偶尔也会聊到范华阳,蔡萧说范华阳一个月才能陪依依一天,有时候半天就把依依送回来,说是临时发生案子要出现场。她还说，范华阳离婚的时候没有要房子，留给她和依依了，范华阳在外面租房子住。

宋博衍这个时候变成一个倾听者，偶尔劝慰蔡萧两句，说范华阳是个破案狂人，这辈子如果不做警察不让他破案子，他保准会成为神经病。

云贵高原的阳光时隐时现，大朵大朵的白云似乎比阳光还要刺眼和醒目。在冬樱花盛开的时候，蔡萧带着依依来第四监狱探监。

蔡萧来的那天是周日上午，是探监的高峰日。蔡萧在头一天晚上特意去做了头发，披肩长发光滑顺直，像一道黑色瀑布摇来泻去。她穿着一条破洞牛仔裤，两个膝盖上方露出白皙粉嫩的皮肤，上身穿了一件质地很好的白衬衣，衬衣的深V领口开得不张不扬，乳沟就像当天的太阳时隐时现。这一身，让监狱里的犯人看得嗓子眼发涩。虽说生过一个孩子，可蔡萧的身材恢复得很好，即便是外面罩了一件宽大的风衣，依旧能摇曳出她凹凸有致的身体。与这身行头不相称的，是她手里拎着的一只大大的塑编袋子,袋子里装着给宋博衍的两套保暖内衣、一打针织内裤、六袋德钦黄牛肉干、两条玉溪香烟。

依依第一次见到宋博衍,倒也不显隔膜,两个人说了一会儿悄悄话,便热络起来。

蔡萧笑道:"看来你不光会哄女人,还会哄孩子。"

宋博衍说:"都是女人嘛。"

二十九

郑远桥的追悼会安排在周日,前来追祭的人大都是他的同事和学生,其中也包括宋博衍。在殡仪馆最大的告别厅里,在悲恸的哀乐声中,一片整齐的藏青色警服肃穆伫立。现场的警察对着郑远桥集体三鞠躬后,戴上警帽,向曾经的战友和老师敬礼告别。

郑远桥的妻子从北京赶来参加丈夫的追悼会,此前,也是她主张拔掉丈夫身上维生的各种管子。郑远桥的妻子在致辞中,除了对郑远桥生前的战友、同事和学生表达感谢外,还特别提道:"我已经跟医学专家探讨长达半年之久,生命处于植物状态长达近八年时间,能够恢复正常生命体征的可能性几乎为零。远桥一直是一个有使命感的人,依靠机器维持生命的律动,对于他来说,不如变成一条直线更为痛快,因为他于人类无愧,他于世间无憾,所以我想,远桥的使命已经止于此。远桥既然不愿意再醒来,那就去除他身上羁绊他灵魂的管子,让他轻松地走吧。再见,我的爱!再见,我的爱人!"

因为郑远桥没有子女,宋博衍一直立在师母身后,以家人身份向所有来宾鞠躬致谢。

范华阳看见宋博衍的时候很是吃惊,他悄悄地问站在身边的陈莉:"宋博衍什么时候出狱的?"

陈莉哭得像个泪人,她抽泣着回道:"上个月……就出来了,因为……因为他狱中表现突出,提前释放。"

英才早逝,天地悲泣,阴云笼罩着整个华南,一场秋雨下得缠绵又哀伤。在这个世界上,有些人注定会来去匆匆,不给亲友徒增麻烦,只为世间留下遗憾。郑远桥像一阵清风吹过人间，接受过他沐浴的人奉还给他无尽的思念。

郑远桥追悼会一个月后，发生了一件让范华阳更为吃惊的事，他去前妻家接女儿依依的时候，前来给他开门的居然是宋博衍，而且穿的是睡衣。范华阳当场就愣住了，他站在门口足有一分钟，那一刻的他，整个大脑都僵住了。

宋博衍倒是轻松自如，就在范华阳兀自发愣的时候，他把穿戴整齐的依依领到门口，并在依依的小脸蛋上轻轻拧了一把："小淘气快去找你爸爸，让我和你妈妈清净一天。"

更让范华阳崩溃的是，依依居然环搂着宋博衍的脖子撒娇："不想找爸爸，我就想跟宋叔叔玩。"

范华阳机械地牵着女儿的手，走在大街上，脑子一片混沌。

直到依依嚷嚷道："爸爸，我们今天不是说好了要去水世界吗？方向走反了。"

范华阳这才回过神来，他蹲下身来问女儿："依依，宋叔叔是从什么时候来咱们家的？"

依依说："我过生日的时候。"

女儿的生日是10月28日,已经过了两个月,也就是说,宋博衍一出狱就住进前妻家了。范华阳的大脑恢复了常态,他迅速地往前检索,宋博衍怎么就跟前妻搅和到一起了?在范华阳的心里,前妻和女儿一直还都是他的家人。等到自己岁数大了,搞不动案子的时候,就去向前妻和女儿负荆请罪,然后复婚好好过以后的日子。所以,今天的遭遇让范华阳彻底蒙了,他心里升腾起怒火,他觉得这是蔡萧出轨,或者说是宋博衍给他戴了绿帽子。宋博衍为什么要这么做?为什么要跟自己的前妻搞在一起?虽说他不做警察了,而且还因为盗窃罪蹲过监狱,可是,以他的才干,做任何事情都可能东山再起。范华阳心不在焉地陪着女儿在水世界玩了一天军舰航模,满脑子里想的却都是宋博衍,他甚至还能想象到今天女儿不在,宋博衍跟蔡萧在床上如何翻云覆雨……想到此处,范华阳把半瓶啤酒狠狠地摔在地上,吓得女儿依依哇的一声哭了起来。

范华阳赶忙抱起女儿来哄,他一边哄女儿一边意识到:自己被宋博衍带歪了节奏。

宋博衍在门口对女儿说的那句"小淘气快去找你爸爸,让我和你妈妈清净一天",其实是说给他听的,目的就是扰乱他的心智。宋博衍的目的达到了,这一天,自己的思绪和智商全然不在线。范华阳咬着下嘴唇,让自己产生疼痛感,他的第一意识渐渐明晰起来:宋博衍要实施报复。

宋博衍如果开始报复,那么前妻蔡萧和女儿依依就成了砧板上的鱼肉,自己又该如何应对呢?

送女儿回家的时候,还是宋博衍开的门。看见依依,宋博衍展开一脸开心的笑容,还抱起依依在门口转了一个圈。

范华阳强忍住恶心,讥讽道:"你该不会一天都守在门口,就等着给我开门吧?"

宋博衍放下依依,伸了个懒腰对范华阳说:"我哪有那个闲工夫,今天这一天,我忙活着出了一身汗,这个腰酸腿疼哟……"

范华阳猛然往前踏上一步,一把薅住宋博衍的睡衣领子,低声怒吼道:"你到底想干什么?聂冉的事情是个意外,你以为我愿意发生吗?这些年来我的心里不比你好过。你进监狱是你自找的……"

看到两个人撕扯,依依着急地叫喊起来,并伸出手来捶打范华阳的大腿,嘴里喊道:"爸爸松手,爸爸松手。"

就在这时,蔡萧穿着围裙从厨房里走出来,看见两个男人的状况,大声呵斥道:"范华阳,你要干什么?你再不松手,我就报警了!"

三十

范华阳从未像现在这样丧失理智,他有些疯魔了,先是跑到第四监狱找郭力,质询宋博衍被提前释放的依据。郭力拿出一摞资料,包括中级法院的审核判决。范华阳翻了半天卷宗,一切都合乎法律程序,实在找不出违规或纰漏。他随后又去了监狱图书馆,检查宋博衍服刑期间使用过的电脑,发现两个月前的上网痕迹全部被清除。

范华阳扔下鼠标,自言自语道:"凭宋博衍的手段,我这是在瞎耽误工夫,我得去网监处求援。"

一旁陪同的郭力有些不屑："你俩是共患难的战友，还有四年同窗之谊，你为什么非要跟宋博衍过不去？"

范华阳白了郭力一眼："现在是他跟我过不去！"

郭力说："从上个世纪打到这个世纪，你们俩前世是西门庆和武大郎吧？"

范华阳叹一口气："你比喻的这俩货色没一个体面的。"

范华阳从第四监狱出来，直奔市公安局网监处。今天是周一，路面有点堵，加上一阵未经预报的急雨袭来，整条马路变成热闹的停车场。范华阳拼命地按着汽车喇叭，半天挪动了不足一百米，却招来无数白眼。

赶到网监处的时候，已是中午时分，范华阳拦住正要去食堂吃午饭的陈莉。

陈莉说："你找我就没有好事，说吧，又让我干啥活儿？"

范华阳赔上一脸媚笑："查一下宋博衍服刑时的上网痕迹，还有他QQ的聊天记录。"

陈莉问道："我觉得你不像是在查案，上回查蔡萧的QQ号，这回又要查宋博衍的QQ信息，你是不是有偷窥别人隐私的癖好?"

范华阳警觉起来:"我什么时候让你查蔡萧的QQ号了?"

在起居室里清理出一整面墙壁,范华阳把宋博衍的行动线做了详细图示,一条逻辑线渐渐浮出:宋博衍绝不会为了挑衅警方去偷窃四面佛;偷窃四面佛与缅甸相关联。宋博衍在与谁做交易?公安局物证仓库的四面佛是宋博衍的真正目标吗?宋博衍是否知晓目标在公安局物证仓库?

范华阳掏出手机,给佛教协会余会长打电话,问他最近有没有人找他了解四面佛。

余会长说:"最近没有,两年前倒是有,就在你找我后不久,有一个年轻人也来跟我聊了半天四面佛。"

范华阳说:"余会长现在在大相国寺吗?我现在就过去找您。"

挂断电话,范华阳从墙上撕下一张宋博衍的打印相片,急匆匆出了门。

第九专案组最近接手一起诈骗案,案情不算复杂,但是需要落实的线索很多。范华阳安排副组长带队，领着侦查员们忙活诈骗案，他则把精力全部投入到宋博衍身上。宋博衍出狱后，突然出现在前妻和女儿的生活里，这件事让范华阳坐卧不宁，他认定宋博衍在酝酿更大的阴谋。

范华阳把警车直接开到大相国寺门口，一路小跑进了寺门。余会长早已泡好一壶上好的普洱茶，正在等候范华阳。范华阳进门后顾不上寒暄，就把宋博衍的相片递给余会长。

余会长戴上老花镜，稍加端详便肯定道："就是这个小伙子。"

余会长翻出访客记录，仔细查找日期，确定了宋博衍找他了解四面佛的准确日期。范华阳梳理了时间轴，宋博衍是在偷窃古玩城四面佛一周后，来找余会长聊天的。也就是说，宋博衍已经分析出聂怀盛手里的四面佛现在市公安局物证仓库，在他还未来得及行动的时候，便已经锒铛入狱。

出了大相国寺，范华阳飞车回到公安局大院，一头扎进物证仓库，发现聂怀盛收藏的四面佛好端端地待在仓库里。

范华阳指着四面佛，对管理仓库的警察小格说："现在就把这尊佛像锁进保险柜，我立即向领导打报告，申请为特级物证，需要三名局级领导签字才能出示借阅。"

小格正在看手机，她抬起头来，吃惊地对范华阳说："神探范，你和你的警车都上网了。"

范华阳有些纳闷，他拿过小格的手机，发现有人发了一条微博，照片是他把警车停在大相国寺门口，自己刚刚下车关车门时的瞬间。这条微博的文字内容有点阴损，却也不容置疑：公车私用之风何时了？开着警车去寺庙，是去烧香拜佛求破案线索，还是行贿佛祖？

这条微博在网络里迅速发酵，很快被一万两千多人转发，评论里哄骂声一片。

范华阳把手机还给小格，嘴里忍不住骂道："这孙子是想置我于死地。"

刚刚骂完这句话，手机铃声便响起来，范华阳看到是姜副局长的电话，赶忙接听。

姜副局长劈头盖脸骂道："你小子正经案子不办，去大相国寺干锤子！"

三十一

范华阳先是因为"公车私用"被网络诟病，差点在刑侦处全体例会上做检讨，多亏姜副局长替他挡了下来。接下来，范华阳在局领导办公会上汇报关于宋博衍的动机时，被姜副局长斥责为小肚鸡肠，甚至是以公谋私报复情敌，搞得他灰头土脸百口莫辩。一气之下，范华阳请了病假，这是他参加工作以来第一次请病假。姜副局长觉得范华阳得了心病，的确需要调整状态，便准了假，让他回家反思。

范华阳一天病假都没有休，他在原来的旧居，也就是前妻和女儿的居所对面找了一处房子。这处房子里住着一对年轻情侣，范华阳硬生生闯进去连骗带蒙说是要办一个大案子，需要在这里蹲守监控。他还把办案蹲守用的两架望远镜搬进这处房子里，白天用普通望远镜，晚上用红外线望远镜，日夜不停地观察着宋博衍的一举一动。范华阳原来买房子的时候还算讲究，虽说只有两居室，但是两间卧室和一个客厅全都南向朝阳。对于常年蹲守监控的警察来说，这样的房间布局最有利于监视。

宋博衍在范华阳缴纳月供按揭的房子里，像一个男主人一样尽职尽责。每天晚餐后，宋博衍会躺在依依的床上，给她读一个小时的故事书。把依依哄睡之后，宋博衍便去卫生间洗澡，然后穿着睡衣进蔡萧的卧室。宋博衍进去后，卧室的顶灯就会关闭，只剩下床头柜上的台灯。台灯还是范华阳亲自挑选的，简欧风格的黑色金属支架，浅褐色亚麻灯罩显得温暖又有格调。宋博衍睡在床的右边，右边靠近窗户，那是范华阳曾经睡觉的位置。睡前，宋博衍站在窗口后面像个脱衣舞男一样，扭动着腰肢褪去睡衣睡裤，台灯正好把他身体的线条投射在窗帘上。每天晚上的这个时刻，范华阳内心都是崩溃的，他恨不得拔出手枪来，对着窗帘上扭动的健硕身躯射出弹匣里所有子弹。

恨归恨，想归想，范华阳什么都没有做，仍是趴在望远镜上，眼睛眨都不眨地盯着对面卧室里的人影。直到台灯也关闭之后，范华阳才会直起腰来，恨恨地骂一句："两个贱人！"

在郭力的推动下，宋博衍被评选为服刑改造的模范人物，在几个监狱里巡回演讲，讲他认真改造重新回归社会的心得。宋博衍很会演讲，他说话具有煽动性，声音也有磁性，让人听之不厌。前两场演讲，宋博衍还要看稿子，后面干脆自由发挥，反而声情并茂。演讲到高潮处，竟也声泪俱下，惹得一群犯人跟着他哭天抹泪，好不感人。尤其是去女子监狱演讲，讲者走心，听者动情，台下的女犯人就差为宋博衍高声尖叫了。

这样的态势走下去，范华阳心里清楚，越来越难对宋博衍下手调查了。同门师兄弟的较量，彼此相互了解底细，比拼的就是耐心和耐力。两个人的耐心和耐力不分伯仲，在"世纪决战"的时候，宋博衍和范华阳就没有分出高低。到了此时，范华阳在心里暗暗告诫自己：少犯错误，才能胜出。

监视高层楼房的难度相对较大，因为需要寻找周边同一楼层的闲置房，而且角度不能有偏差。最理想的是同样走向的前后楼，而且还得是正对面的同一楼层。范华阳征用的房子的主人，小情侣两个都戴眼镜，在互联网企业工作，都是腼腆型。

监视到第三天的时候，眼镜男实在憋不住了，他问范华阳："什么时候结束？"

范华阳举着望远镜盯着对面："等坏人露出马脚。"

眼镜男问道："坏人要是不露呢？"

范华阳说："是坏人，肯定会露。"

眼镜女问道："坏人要是从今天起变成好人了呢？"

范华阳说："你给我也来一杯蜂蜜水，别光给男朋友。"

一个周六早晨，宋博衍带着一身休闲装束的蔡萧和依依出门，大概是要去郊外游玩。待三个人出门大约半小时后，范华阳离开监视的阳台，悄悄摸进前妻家，将一个细小的监听设备藏到主卧室的床脚内侧。面对着反侦查能力超强的宋博衍，范华阳必须处处谨慎：门缝上粘贴的头发丝；客厅小物件呈四点钟朝向摆放；卧室小物件呈七点钟朝向摆放……

又过了三天，范华阳很懊悔在前妻家安装窃听器。因为宋博衍白天扮演好男友和好叔叔，晚上还要和蔡萧上演情色大戏，前戏的呻吟声加上山呼海啸的叫床声，每天晚上都得持续一个小时。耳麦戴上摘下来，摘下来再戴上，范华阳的日子越来越煎熬。等到前妻家的世界安静下来，范华阳也差不多浑身瘫软，实在没劲的时候，他便会和衣躺在眼镜男女家客厅沙发里睡一宿。一个礼拜下来，范华阳像个慢跑气的皮球，眼看着消瘦了一圈。自打给范华阳喝了蜂蜜水之后，眼镜男女做早餐的时候，也会给他做一份。范华阳不敢客气，因为眼镜男女白天上班，他的两顿正餐都是方便面，只有早餐才像点样子，有牛奶还有鸡蛋。

早餐吃煎蛋的时候，眼镜男试探着问道："这么大的工作量，怎么就你一个人干？"

范华阳囫囵吞下一只煎蛋，赶忙喝一口牛奶送一下，他对眼镜男说："侦查工作分工不同，我的强项就是监视监听监控。你们怀疑我的身份吗？"

眼镜男笑着说："我们早就查过你证件上的警号了，不怀疑你的身份。"

范华阳说："那就好好吃早餐，不要打听了。"

眼镜男带着腼腆的微笑说："我们也查到你名下的按揭

房，就在对面的楼层，你的监视是不是有点假公济私呀？"

范华阳说："事情的背景很复杂，一两句话说不清楚，总之你们不要胡乱打听了……等等，你从哪里查到我这么多信息？"

眼镜男有些得意："别忘了我是专业的IT男。"

范华阳问道："你能帮我查一个人的QQ信息吗？"

眼镜男说："So easy。"

眼镜男在一台笔记本电脑上，鼓捣十几分钟便进入宋博衍的QQ账号。账号里的所有聊天记录已经被清除干净，只有一个境外账号里有一条留言信息：梵神尚未见，何必入缅甸？

"梵神"是指四面佛，余会长早就告诉范华阳了，"梵神尚未见"是指真正的四面佛还没有找到。"何必入缅甸"？难道是宋博衍又要去缅甸？

这条信息是十几分钟前刚刚发送的，显然，宋博衍在每次使用QQ联络之后都会清除记录。这一条信息，宋博衍还没有看到，也没有回复，当然就不会清除。

眼镜女站在阳台上，用望远镜看着对面楼层，问范华阳：

"你每天晚上监听什么？我能听一下吗？"

范华阳说："不行，事关侦查纪律，得保密。"

三十二

范华阳把姜副局长堵在办公室，不管他愿不愿意听，一口气把宋博衍即将去缅甸的事儿说出来。

看着范华阳急赤白脸的样子，姜副局长问道："宋博衍现在是一个合法公民，他去哪里都是他的自由，你有什么理由干涉？"

看到姜副局长看自己的奇怪眼神，范华阳把宋博衍要带蔡萧和依依去缅甸的话生生咽回肚子。这话要是讲出来，姜副局长更会觉得他倒了醋坛子。可是，宋博衍即将出手的感觉是那么清晰，那么强烈，这种感觉只有最熟悉他的人才能觉察。

范华阳咽一口唾沫，润了润嗓子："我不是想干涉宋博衍的自由，我是要提高物证仓库的警戒级别，增加岗哨，加装监控摄像头。"

姜副局长皱着眉头说:"这几天你在家看好莱坞警匪片看多了吧?"

在姜副局长那里碰了一鼻子灰,不死心的范华阳径直奔去了物证仓库,正好赶上小格在整理新来的物证。小格长了一张丰满圆润的脸蛋,大家都觉得小格应该叫小圆。小格最近怀孕了,整个人显得愈发浑圆。

范华阳进门后,看到小格正撅着圆滚滚的屁股整理地上的档案箱子,他叫道:"小圆……小格……"

小格转过身来,笑道:"小圆休假,今天就我一个人。"

范华阳一脸倦怠,他已经没有开玩笑的劲儿,问道:"四面佛放保险柜了没有?"

小格说:"进保险柜了。"

范华阳又问:"最近有没有人问过四面佛?"

小格说:"除了你,没有别人。"

范华阳还是不放心:"你给我开一下保险柜,让我看一眼才放心。"

从公安局回来，范华阳直接去了前妻家，这回开门的是蔡萧。蔡萧最近心情和气色都很好，她的皮肤本来就细腻，此刻越发显得白皙如玉。范华阳突如其来的造访让蔡萧有些吃惊，她横挡在门口，用肢体语言拒绝不速之客。

蔡萧冷冷地问道："你来为什么不提前打电话？依依今天有点感冒，不能出门。"

范华阳说："不找依依，我是来找你的。"

蔡萧一愣："找我干什么？"

范华阳顿了顿，想让自己的口吻尽量显得郑重其事："你和依依不能跟着宋博衍去缅甸，他有不可告人的目的，我是依依的父亲，你不能让我的女儿置身危险之中。"

蔡萧瞪大眼睛，神情有些吃惊："我们要去缅甸，你是怎么知道的？"

范华阳嗫嚅道："我……是警察，你别管我怎么知道的。总之，你和依依不能去缅甸。"

蔡萧冷笑道："你有什么资格管我们去哪里？"

范华阳说："我有资格管我的女儿。"

蔡萧说:"我有依依的抚养权,她该不该去哪里,由我说了算。"

蔡萧的话刚说完,依依便从妈妈的身后钻过来,对范华阳说:"我要跟妈妈去缅甸,宋叔叔还说要带我去看仰光大金塔,还要吃馍亨卡。"

这时候,宋博衍也把脑袋挤到门框里来,很绅士地微笑着,对站在门外的范华阳说:"得道多助,失道寡助,范同学你该好好地反思一下自己了。"

范华阳已经怒不可遏,他一把薅住宋博衍的睡衣领子,举起右手的拳头就要打。凭宋博衍的反应,他完全可以躲避或者反击,可他一动不动任凭范华阳作为。突然,蔡萧抓住范华阳的胳膊,把整个身体挡在宋博衍身前。范华阳急忙收住手,这一拳差点打到蔡萧的脸上。随着蔡萧一声尖叫,依依以为爸爸伤害到了妈妈,举起两个小拳头,捶打在范华阳的小腹上。

依依一边捶打一边哭喊道:"不许欺负妈妈,你走开,你走开……"

黄昏的时候起风了,风里裹挟着风铃花的香味儿,让接下来的细雨也有了些许浪漫风情。范华阳走在雨里,雨丝扑在脸上略感冰凉,他似乎期待着用一场雨水来重新梳理自己。他扬起脸来,面向乌云压顶的天空,恰好赶上路灯亮起,照见范华阳一脸沉重的愧色。他觉得自己一直都很努力,却从来没有扮演好人生任何一个角色,没有做一个好儿子,也没有做一个好丈夫,更没有做一个好爸爸……这让范华阳如何能不惭愧。此前,他觉得自己没有扮演好亲人的角色,但至少是一个尽职尽责的好警察。可如今的境地,他对自己是不是一个好警察这一点,也产生了动摇和不确定。作为警察,自己全力以赴针对宋博衍的行为,到底是出于公义,还是私心?

三十三

早晨,范华阳从沙发里醒来的时候,看见了餐桌上的煎鸡蛋和蜂蜜水,而眼镜男和眼镜女早已上班走了。他用手揉了揉两个太阳穴,觉得有些头疼,大概是昨晚喝多了酒的缘故。昨天晚上因为心情郁闷，范华阳喝了不少啤酒。回到监视处，发现对面前妻家里已经熄了灯。他赶忙打开监听器，耳麦里传来比以往更加蚀骨销魂的叫床声，这一回连同床架子一起发出吱吱嘎嘎的噪声。范华阳怒气冲冲地摔下耳麦，瘫倒在沙发里运气，想等宋博衍和前妻的房事完毕，再探听他们何时动身前往缅甸。谁知道酒劲上了头，他躺下之后就没再醒过来，一觉睡到大天亮。

蜂蜜水已经没有温度了，范华阳端着杯子走上阳台，俯身看了一眼望远镜，发现前妻家没有人走动。他放下水杯，打开监听器，戴上耳麦，听了足有十分钟，耳麦里没有丝毫动静。范华阳心里想今天是周六，难道三个人出门了？

整整一个上午，范华阳在屋里坐卧不宁，熬到中午时分，他悄悄潜进前妻家中。前妻家里很整齐，不见一丝凌乱。餐桌上，一只监听器压在一张A4纸上，A4纸上面打印着密密麻麻的线条，线条长长短短，是一篇摩斯密码。范华阳把监听器和A4纸装进口袋。从前妻家出来，范华阳在街上拦了一辆出租车，直奔公安局的值班宿舍。自警车在大相国寺门口停放的照片被捅到网上之后，范华阳就把警车交回了专案组。

回到寝室，范华阳找出摩斯密码工具书，比照着翻译出大意：我已将蔡萧和依依带去缅甸，限你七日之内，将物证仓库里的四面佛送到缅甸勃固金塔寺，逾期不见四面佛，你便再也见不到女儿了。

范华阳一拳砸在桌子上，书桌上的一只马克杯跳到地上，摔碎成三瓣儿。他即刻掏出手机，拨通了蔡萧的电话："你现在在缅甸吗？"

蔡萧的音调很是欢快："是啊，没想到缅甸这么美，你有什么事儿？"

范华阳说："你知道宋博衍带你去缅甸的目的吗？他要拿你当人质。"

蔡萧居然笑着说："他刚才已经对我说了。"

范华阳问道："你是怎么想的？"

蔡萧稍微顿了顿，说道："我说了，我愿意一辈子都做他的人质，你满意了吗？"

范华阳说："麻烦你把手机给宋博衍。"

宋博衍接过手机："范同学，你找我什么事儿？"

范华阳恨恨地对宋博衍说道："我女儿有半点闪失，我让你死无葬身之地！"

宋博衍哈哈一笑道："那就别耽误时间了。"

挂断电话，范华阳火烧火燎地跑进姜副局长办公室，把自己翻译过的摩斯密码拍在姜副局长面前，急吼吼地嚷道："这是宋博衍给我的，他已经绑架蔡萧和我女儿到了缅甸。"

姜副局长拿起那张A4纸，皱起眉头看了一遍，问道："这个怎么证明是宋博衍留给你的？"

范华阳举着手机说："我刚才跟他通电话，他自己认了。"

姜副局长一脸无奈的神情，他强压着火气，冲着范华阳的手机努了努嘴。

范华阳便拨通了宋博衍的电话，并摁下手机的免提键。

少顷，宋博衍接了电话："范同学，你能不能自我克制一下，不要打扰我和蔡萧还有依依度假？"

范华阳说："我答应你，七天之内把四面佛带去勃固的金塔寺，我的条件是每天都要跟依依通电话，你听清楚了没有？"

宋博衍笑道:"神探范,什么金塔寺?什么四面佛?你在说什么鬼话,我怎么听不懂?"

范华阳咬着后槽牙:"你不是已经把蔡萧和依依当作人质带去缅甸,让我用四面佛去交换吗?"

宋博衍叹了一口气:"华阳,你怎么还不能面对现实?蔡萧已经不爱你了,她现在爱的是我,以你的条件再找一个女人也不是什么问题,你干吗非要缠着蔡萧呢?依依你就放心吧,我会拿她当亲生女儿一样疼的。最后,我拜托你,不要没完没了地骚扰我们,大家彼此留点尊严好不好?"

说罢,宋博衍挂断电话。范华阳举着手机,像一尊雕像一样凝固在姜副局长的办公桌前面。

姜副局长看了一眼手表,站起身来说道:"我耽误了半个小时的工作会,任你在这里拿我当猴耍。范华阳,从今天起,上缴你的警械,明天先去医科大学做一个心理评估报告,亲手交给我。"

说完,姜副局长拿起笔记本走出办公室,头也不回地说道:"你滚出去的时候,记得给我把门关上。"

三十四

范华阳回到刑侦处专案组，屁股刚刚坐到椅子上，督察处便来人了。督察处的警察把一张表格递过来，范华阳看到是一张暂扣物品清单：手枪、弹夹、子弹、手铐、警徽、警衔……

督察处的警察拎着一包暂扣物品，前脚刚刚出门，范华阳后脚也出了刑侦处的大门。范华阳直接进了物证仓库，小格刚刚换上便装，正准备锁门下班。

范华阳拦住小格，说是要借阅一样物证，办案子急用。

小格问道："不会又借四面佛吧？"

范华阳点点头说："就是四面佛。"

听范华阳这么说，小格把打开的登记本放在桌子上，对他说道："听从亨特范的建议，四面佛已经被列入特级物证，需要三名局级领导签字才能出示。"

范华阳堆出一脸比鬼还难看的笑容，对小格说："小格，建议是我给的，案子是我们第九组办的，所以，我借阅证物的时候可以网开一面。"

小格噘起圆嘟嘟的嘴巴："我不能违反纪律，特级证物管理条例说得很清楚，违规操作要负相关的刑事责任，亨特范你就不要为难小警了，好不好？"

范华阳心中暗自叫苦，没想到一次合理建议竟给自己挖了如此大一个坑。姜副局长已经给他停职了，此刻以什么理由去找姜副局长签字，都会遭到严厉拒绝。可是，女儿和前妻沦为宋博衍的人质，他必须拿到四面佛，并且要带到缅甸勃固的金塔寺。他知道自己别无选择，于公于私都要豁出去一回。范华阳突然抓起办公桌上的一卷胶带，小格下意识地往后退了两步，圆睁双眼露出惊诧的神情。

范华阳绕过桌子，把小格逼到墙根下，他对小格说道："对不起！小格，我不会伤害你，这是没有办法的办法，我得去救我女儿。"

在一辆开往临沧的长途巴士上，范华阳打了一个电话，让第九专案组的同事赶紧去物证处给小格松绑。范华阳担心小格怀有五个月身孕，万一捆绑得太久导致流产。打完这个电话，范华阳拆下手机电源，取出手机里的电话卡，扔出车窗外。安排妥当之后，范华阳觉得眼皮有些发涩，他把车座下的帆布背包提起来揽进怀里，把脑袋伏在背包上打起瞌睡。背包里的四面佛被一条浴巾裹住，范华阳决心冒险带四面佛出境，然后换取女儿和前妻的人身安全。

下午时分，长途巴士开进临沧长途汽车站。范华阳下了车，左右扭动着已经僵硬的身体，然后急三火四点上一根香烟，狠狠地吸了几口，香烟便燃进一半。等抽完第三根香烟的时候，范华阳上了一辆开往镇康县的公交车。路线早已经规划好了，他今天的最终目的地是一个叫军赛乡的小镇。

军赛乡是临沧的边陲小镇，地处怒江江畔。范华阳的舅舅家就在军赛，他小的时候曾经在舅舅家住过一段时间，对这里的环境还算熟悉。范华阳的舅舅是个手巧的木匠，在军赛镇上开了一家木器加工厂，专门制作缅甸花梨木的仿古家具，算是十里八乡有头有脸的生意人。

天黑后，范华阳找到舅舅的木器厂，卸下肩上沉甸甸的背包。他让木器厂的工人给舅舅打了电话,十几分钟后,舅舅便骑着一辆摩托车赶到木器厂。舅甥见面,自有一番亲热寒暄。叙完家常后,舅舅问范华阳的来意。

范华阳从背包里拿出被浴巾包裹的四面佛,对舅舅说:"我需要一块木料,把这个佛像镶嵌进去。"

舅舅的神情有些讶异:"为什么要把佛像嵌在木料里面?"

范华阳又从背包里掏出一张草绘的简易图纸,摊开在桌面上,对舅舅说:"我在执行任务,有些东西不方便告诉您,您老费点心,帮我加工一块这样的木料就可以了。"

接下来,范华阳又从背包里掏出几样东西来,举着一个小螺旋桨对舅舅说:"这个装在木料的尾端,油箱也要嵌在木料里面,以防脱落,木料外面的树皮不要去掉,让人看上去就像是漂在水面上的一截废木头。"

范华阳又拿起一个细小的物件,说道:"这个叫GPS卫星定位器,要装在木料的上方。要确定木料在水中的上下面,大概要在下面做一个配重。"

舅舅说:"又不是造船,不用做配重,木头有自己的木性,一截树干放到水里,朝上的一面永远朝上,朝下的一面永远朝下。"

范华阳指着桌子上一堆东西,对舅舅说:"把这些东西全都嵌进木头里,会不会改变木性?"

舅舅说:"只要确保这些东西能够居中,木性还是原来的木性。"

舅舅领着范华阳和一名工人,在木器厂里踅摸一圈,相中一根粗细适中的香樟木料。三个人抬着香樟木料,扔进木器厂外面的鱼塘里,木料在水中左右转动几下,果然有一面始终浮在水面上。舅舅指着鱼塘里的香樟木料,说香樟木浮力大,浸水后也不会沉底。还说浸水后的香樟木发散韧性,碰到石头也不会散架撞烂。舅舅好像是知道范华阳的意图,连范华阳不曾考虑到的隐患都顾及了。

确定好香樟木料的上下面后,三个人把木料从鱼塘里捞上来,抬进木料加工车间。舅舅摊开范华阳给他的草绘图纸,拿起一支粗铅笔和一把九十度的拐尺,在木料上比比量量,画出几个点。然后让徒弟给他扯起墨斗盒,在香樟木料上弹出几条墨线。接着，舅舅从范华阳背包里掏出一只大可乐塑料瓶，让徒弟从摩托车油箱给空瓶子装满汽油。随后，舅舅把四面佛、装满汽油的大可乐瓶子、微型发动机和小螺旋桨一一上秤称重，记录下各个物件的重量，并在草图纸上写写画画演算好久。最后，舅舅和徒弟再次拉着墨斗盒，在香樟木料上又弹出几条长短不一的墨线。接下来，舅舅让徒弟在工作台上固定好木料，他则打开手动电锯，开始锯木头。范华阳的舅舅不愧是一名能工巧匠，不到一个小时，香樟木料被手动电锯抠出若干个木槽。

突然，范华阳拦住舅舅，他指着木料一端的空木槽问舅舅："我没有画这个木槽，这个做什么用？"

舅舅的神情有些得意，对外甥说道："螺旋桨是不是要装在木料的后面？"

范华阳点点头。

舅舅说："木性能确定上下，却确定不了前后，但是有一点可以肯定，水流冲击木头的时候，木质轻的一端肯定会在前面，所以我要把木料前段掏空，才能确保它的这一头始终在前面。"

听完舅舅的讲解，范华阳忍不住冲着舅舅挑起大拇指："纸上得来终觉浅啊。"

舅舅收起电锯后，徒弟一手执锤子一手执凿子，不停地在木槽里面修整。又过了一个小时，各个部件全部镶嵌进香樟木料里面。

安置微型发动机的时候，舅舅问范华阳："你从哪里搞来这么小的发动机？这是高科技吧？"

范华阳说："算不上高科技，这是我以前玩的军舰的航模，我把航模上的发动机和螺旋桨拆了下来。"

将近天亮时分，香樟木料已经搞定，从外表上看不出任何蹊跷机关，完全是一截自然原木。三个人把香樟木料抬到外面，再次放进鱼塘里，做了记号的"上面"仍然浮在水面上。

范华阳开心地拥抱了舅舅："都说外甥随舅，我怎么没有您这么好的手艺？"

舅舅拍了拍范华阳的后背，说道："你有一个好脑子，比好手艺拿人。"

三十五

军赛乡往西南方向大约四十公里，便是孟定镇，这里有一个国家二级口岸。中缅边境口岸众多，是专供两国人民和商品出入境的官方通道。在一些特殊地区，"民间通道"远远多于官方通道，孟定镇便是其中之一。过了孟定口岸，便是缅甸的果敢，在1897年划归英属缅甸。果敢人说的是中国西南官话，过的也是中国春节，甚至连行政官员用的手机信号都是中国移动或中国电信。走在果敢街头，跟走在华南某县城的街头没有什么两样，偶一抬头看见一张政府告示，上面写的也都是汉字。在毗邻边境的村庄里，几乎村村都住着两国的普通民众，通婚者比比皆是，谁都不会觉得这是跨国婚姻。在这样的民风习俗里，纵横两国乡间的小路便是官方口岸之外的"民间通道"。

范华阳坐在舅舅徒弟的摩托车上，一路从军赛赶到孟定，再由孟定的一条乡间小路进入果敢。舅舅的徒弟就是果敢人，对于两边的道路地形都很熟悉，他骑行的乡间小路非常安全。

进入果敢二十公里之后，舅舅的徒弟停下摩托车，说是只能送范华阳到这里，再往前走就不安全了。

范华阳打开GPS接收器，看见载着四面佛的香樟木料正在怒江中平稳行进，而且被自己甩在后面大约有十几公里，一切都在按计划行进。范华阳接过摩托车，向舅舅的徒弟称谢告别，朝着达高（Ta-kaw）方向一路驶去。舅舅的徒弟之所以说前面不安全，是因为果敢属于缅甸政府失控地区，这里有很多地方武装各自为政。所谓地方武装，更多近似于劫道的土匪，这也是范华阳不敢随身携带四面佛的原因。达高属于掸邦地区，已经远离果敢，相对安全，范华阳选择在这里打捞从怒江漂流而下的四面佛。

每骑行一个小时，范华阳便会停下来，打开GPS接收器查看香樟木料的运行情况。凌晨四点半的时候，GPS接收器显示香樟木料一动不动，停留了足有十分钟。这个江段周围全是荒无人烟的高山，不可能是人为所致，应该是香樟木料卡在某处。范华阳开启发动机上的后退挡，几分钟之后，看到GPS信号缓缓移动，范华阳遂将遥控信号拨至前进挡。GPS信号再次进入正常运行状态,范华阳也骑上摩托车再次上路。

没有舅舅的徒弟带路,范华阳只能上公路骑行,一路上遇到了四伙地方武装截查。按照舅舅事先的叮嘱,给每一伙人送上一千块钱人民币,买路买平安。范华阳身上没有带那么多钱,舅舅倒也大方,给了他一万块钱。舅舅把一万块钱分成十份,每一份装进一个塑料袋,分几处装进范华阳的背包里。遇到第二伙人的时候,他们把范华阳背包里的现金全部搜出来,一个头儿模样的人看范华阳持有中国护照,又还给他两个塑料袋两千块钱。第三伙人相中了范华阳的摩托车,硬要留下摩托车。没有摩托车,范华阳便无法按时赶到达高,不能按时到达高,四面佛就会顺流而下,不知道漂向何方。范华阳无奈,只好把身上的钱全部交给第三伙人,才保住摩托车,并问他们要来五升汽油,加满摩托车油箱。

经过一夜狂奔,临近达高时,范华阳遇到第四伙在路上设卡截查的人。范华阳已经身无分文,这伙人不仅扣留了摩托车,连他身上的背包也一起没收了。范华阳无奈,讨回了护照和GPS接收器后,沿着公路往前奔跑起来,剩下的路程只能靠两条腿了。

　　一路奔跑约莫有一个小时，汗水已经湿透全身的衣服，每迈出一步，范华阳都能听见被汗水浸湿后的牛仔裤摩擦出的沙沙声。再跑一会儿，又多了一样音效，是汗水顺着腿流进鞋子后发出的咕叽咕叽的声响。范华阳停下来休息，他觉得浑身瘫软，便弯下腰身缓缓地跪在公路上，两只手撑在地上，大口大口地喘着粗气。接着，他俯下身来，仰面躺在晒得发烫的路面上，他需要略微恢复一下体力。借着恢复体力的空儿，范华阳打开GPS接收器，发现香樟木料距离达高越来越近。范华阳开启发动机上的后退挡，看到GPS信号几乎停留在原地不动，他知道肯定是此处下行水流太急。他关闭了香樟木料上的发动机，想在水流平缓的地方再开启倒退挡，这样便可以延缓漂流下行的速度。

　　在地上躺了大约有五分钟，范华阳再次挣扎着爬起身。待他站起来的时候，才发现全身关节变得酸痛不已，每往前一步都会牵动全身的疼点。他心里清楚，这是剧烈运动后，肌肉里面乳酸堆积导致。只要继续运动，等肌肉活跃到一定程度，酸痛就会消失。范华阳咬着牙，坚持着跑过十几分钟后，身体里的酸痛症状果然消失了。又跑了半个小时路程，范华阳的速度明显降低了，因为他一晚上只补充了一瓶水和两根香蕉。此刻，他觉得自己可以吞下一整只烤鸡，或者是放两份牛肉的三大碗米线。范华阳由快跑变成慢跑，再由慢跑变成行走。他一边走着一边掏出GPS接收器，发现信号已经十分接近达高的跨江大桥。范华阳再次启动发动机的后退挡，发现GPS信号缓缓往上游移动。跨江大桥的上游水面开阔，开阔水面的水流相对较缓，对于发动机的压力很小，可以为范华阳争取时间。

　　走了十几分钟后，范华阳自觉体力恢复了不少，再次奔跑起来。刚刚跑出几十米远，突然，范华阳眼前闪过一道黑影，紧接着觉得腰间一紧，马上被一股大力牵引着整个身体凌空飞起。在空中上升至最高点的时候，范华阳才看清楚路边的树林里是一队野象，他的奔跑大概惊吓到正要过路的头象，才被头象用鼻子卷起掀上空中。落地时，范华阳感觉肩膀上传来一阵钻心的刺痛，登时便失去了知觉。

三十六

范华阳有意识之后,看到世界变成红色。他抹了一把脸,才发现头上在流血,都快把眼睛糊上了。范华阳坐起身来,看见自己跌落在公路路基下的一堆碎石上。他下意识往裤子口袋摸去,想查看GPS信号,因为他不知道自己昏迷了多长时间。发现口袋里空空如也后,范华阳挣扎着站起身来,四处寻找半天,才看到GPS接收器躺在草丛里。GPS接收器的屏幕摔碎了,但是还能勉强使用。范华阳发现信号已经开始向怒江下游移动,而且无论他如何启动后退挡,信号都不为所动。范华阳暗叫一声"糟糕",他心里估摸着,香樟木料里面的汽油耗尽了。

被野象袭击后,范华阳骨子里的倔劲儿像是被激活了,他顾不上浑身上下散架般的疼痛,用近乎四肢攀爬的姿态上了路基。而后,范华阳开始移动脚步,接着小步跑,最后大步跑,沿着公路一直往前跑,往前跑,往前跑……他的眼前闪过女儿的画面，依依正趴在妈妈怀里哭泣，扬起手来对他哭喊道："爸爸，爸爸，救我！"

范华阳使劲甩了一下头，脚下的步子迈得更大，他沿着公路继续往前跑，往前跑，往前跑……他的眼前闪过聂冉倒在宋博衍怀里的画面，宋博衍泪流满面，抬起头来一声狂吼。

无数画面闪过范华阳的眼前，就像是电影的蒙太奇，不断变换着出场人物，都是在他心里留下过很深痕迹的人，包括小时候欺负过他的那些孩子。当眼前再次更换画面的时候，他发现是一座拉索桥，范华阳终于赶到目的地——达高跨江大桥。他气喘吁吁地掏出GPS接收器，发现信号就在自己身边，他急忙奔上拉索桥，眼睛搜巡着波涛翻滚的怒江水面。终于，在上游方向，距离自己大约有一百多米的位置，范华阳看见了那截香樟木木料。就在香樟木木料被一股水流冲得打转的时候，范华阳试着启动发动机，但是香樟木木料丝毫没有改变，依旧任凭水流和波浪的驱使。在木料上面加装发动机和螺旋桨，本来是为了到达目的地时遥控操纵木料靠岸的。但是，此刻汽油早已耗尽，木料无法靠岸，只能由着怒江的水流往下游漂送。香樟木木料很快到了桥下，撞在一个桥墩上后，转了半个身划过桥洞。范华阳赶紧跑到桥对面，看着脚下的香樟木木料划过桥底，继续往下游漂去。范华阳容不得自己再做犹豫，他使出浑身劲儿，攀上拉索桥护栏，纵身跳下桥。

足有十几秒钟，范华阳才浮出水面。等他浮出水面后，却已经看不见香樟木木料的踪迹。就算是看不见，往下游的方向肯定不会错。想到此处，范华阳挥动双臂，奋力往怒江下游游去。顺流而下，倒是比在公路上奔跑稍微省力，范华阳觉得双腿已经在公路上使用到了极限，好在此刻在水里游泳主要是靠双臂。眼前一闪，范华阳迅速捕捉到了香樟木木料的踪迹，他加速摆动双臂，朝着香樟木快速游过去。

达高跨江大桥上游江面比较宽阔，水流平缓，这是范华阳选择此处打捞四面佛的原因。但是，跨江大桥不可能建在宽阔水域，基本都会选择相对较窄的江面。所以，拉索桥的位置像一个收紧的喇叭口，突然变窄的江面导致水流也跟着迅疾起来。范华阳在怒江的激流里颠簸出没，有几次已经触碰到香樟木木料，却又几次脱手。范华阳心里清楚，自己的体力已经快耗尽了,再如此折腾几次,必将葬身怒江。接下来,他努力地跟在香樟木木料后面,想积蓄一点体力。可是,范华阳突然看到下游远处一片雪白,他在心里暗骂一句脏话,因为那片雪白是翻滚的水花,而水花翻滚起来的地方是因为落差……

不能再等了,范华阳奋力挥动双臂,距离木料又近了一些。就在此时,一股水流将木料推了一下,香樟木变成横在水面的姿态,范华阳瞅准这个机会,便拼尽所有力气扑向前去,他的上半身几乎跃出水面,在身体砸向木料的瞬间,挥出双臂死死抱住了香樟木。就在范华阳抱住香樟木的瞬间,水流已经将一人一木冲到翻滚白色波浪的水域,乱石、激流加上漩涡几次差点把范华阳甩离香樟木。趁着一小段稍微平缓的水流,范华阳腾出一只手从腰间解开皮带并抽出来,把皮带系上香樟木木料,然后将余下的皮带在自己左手手腕上打了一个死结。

三十七

午后的一场急雨,给喧闹的世界降了温,也把瑞摩都金塔冲刷得一尘不染。太阳撕开乌云,投下一缕炙热的阳光,正好眷照在勃固的金塔寺。在圣洁的阳光里,瑞摩都金塔浑身散发着耀眼的金色光芒,像一尊刚刚被上天洗礼过的佛像,威严而又不可触碰。瑞摩都金塔高达一百一十二米,比仰光的瑞光金塔高出十四米,是千塔之国缅甸最高的一座塔。相传阿育王在印度及其周边国家总共修建了八万四千座佛塔,当佛教传播至缅甸的时候,这个东南亚热带小国毫无保留地接受了,至今已有将近九成民众信仰佛教。

衣衫褴褛的范华阳到达勃固金塔寺的时候,已是第七天的午后。他学着所有进入寺庙的人的样子,脱掉鞋子,赤脚走在滚烫的石板上。他背着一只捡来的背包,背包里是用衬衣包裹着的四面佛。数日来的奔波煎熬,范华阳的脸瘦了一圈。他的胡子楂上挂着番茄酱的痕迹,那是他中午在一家麦当劳店里捡食半个汉堡留下的。

坐在瑞摩都金塔下面,范华阳环顾四周,没有发现宋博衍的身影。范华阳站起身来,走到一只垃圾桶旁边,捡起半截被别人刚刚丢下的烟头,如饥似渴地猛吸三五口,香烟便延烧到了烟蒂。随遇而安是范华阳与生俱来的品质,用他自己的话说是不挑食。在垃圾桶上的烟灰缸里掐灭烟头,范华阳从肺里呼出一口长长的烟雾,惬意心情还没有平复,便被不知道从何处冒出来的两个壮汉左右架住胳膊。范华阳没有反抗,也没有询问,任凭两个壮汉架着他往寺外走去。出来寺门,后面又跟上两名壮硕的年轻人,尾随着范华阳一起朝着一辆丰田越野车走去。上车后,一名壮汉拿走范华阳的背包,另一名壮汉则把一只黑色头罩罩在范华阳的头上,车辆随即开走。

越野车跑了将近一个小时,从车辆启动开始,头套里的范华阳凭借身体左右摇摆的幅度,判断车辆起初是往西行驶,二十分钟后开始往北行驶。从车辆颠簸程度判断,三十分钟后出了市区,最后将近二十分钟的车程极其难走,应该是崎岖的山路。

车辆停稳后，范华阳被带下车。他继续在黑暗的头套里判断着方位和地形，往东南方向步行九十七步后又上了六级台阶，走进一间宽敞的大房子里。在房子里站定后，他听见一阵窸窸窣窣的声音，范华阳猜想有人打开背包，从中取出四面佛。

接着，一个熟悉的声音说话了，这人正是宋博衍："波刚先生，这尊四面佛应该就是您要的正主儿，您看看吧。"

范华阳心中一凛，因为波刚是缅甸第二大毒枭，他与缅甸第一毒枭赛耶明争暗斗几十年，两个人都想灭了对方。

一阵沉默过后，传来几句缅甸语对话，对话极其简短并且语气笃定。

然后，一个陌生的声音，操着生硬的汉语说道："我的佛教专家说，漆封和漆封上的六字箴言都没有问题，看来你的承诺兑现了，我们的欠债可以两清了。"

宋博衍说："波刚先生，我要亲眼看到John一家人安全之后，咱们才能两清。"

波刚说："你们带宋先生一起过去，把John一家都放了。"

接着，范华阳听到一阵杂乱的脚步声，大概是宋博衍跟着几个人走出大房子。

宋博衍一行前脚刚刚出门,范华阳便听见一个声音说道:"波刚先生,您千万不能放宋博衍离开,我一直怀疑他是警察的卧底,他替您偷四面佛、蹲监狱,应该是苦肉计。"

听完最后一句话,范华阳终于记起这个声音,说话的人正是八年前畏罪潜逃的乔梁。

波刚说:"乔先生多虑了,就算他是中国警察的卧底,也不可能跨界执法到缅甸吧。"

乔梁说:"万一中国警方和缅甸警方联手呢?"

波刚哈哈大笑起来:"作为我的智囊高参,你不应该把'借刀杀人'的计谋用到我头上吧。"

乔梁的语气里带有一丝慌乱:"我跟宋博衍有个人恩怨不假,担心他与缅甸警方联手也是在为波刚先生的安全考虑,也是在尽我的本分。"

波刚说:"我在缅甸警方养的眼线不比这个基地的人头少,如果有什么风吹草动,我不可能得不到消息,乔先生放宽心吧。"

乔梁说："为了稳妥起见，我已经派人把宋博衍的老婆和女儿从仰光带来基地了。"

波刚沉吟片刻，说道："宋先生给我送来四面佛，我放还人质，我和他就两不相欠了，你这样私自做主，抓来宋先生的老婆和女儿，恐怕不妥吧？"

范华阳心里清楚，乔梁嘴里的"宋博衍的老婆和女儿"是指蔡萧和依依。听到女儿和前妻落到乔梁手里，范华阳的血液一下子涌上头，他曾经在乔梁的卧室找到一沓幼女的照片。回想起照片中幼女的那些惊恐眼神，范华阳的后槽牙咬得咯吱吱响。

乔梁还要说什么，被波刚打断道："你先出去，我要了结我和宋先生的契约。"

范华阳把刚才得到的信息迅速在脑海里梳理一遍：宋博衍跟波刚做了一笔交易，带四面佛来交换人质John和他的家人。因为波刚想要的四面佛深藏在公安局物证仓库，宋博衍无法下手，便把蔡萧和依依带到缅甸做人质，逼迫自己把四面佛送到缅甸。宋博衍把蔡萧和依依放在缅甸首都仰光，却被乔梁把母女二人劫持到了基地，成为新的人质。John是谁？宋博衍为什么要偷四面佛解救John一家人？宋博衍到底在其间扮演什么角色？如果我不能按时把四面佛送到勃固，宋博衍真的会对依依下手吗？宋博衍不是真的爱上蔡萧？

范华阳正在脑子里画着问号，忽然听见波刚说："把头套去掉，我要看一眼送来四面佛的神圣。"

一片亮光刺得眼睛睁不开，范华阳赶忙用手遮住眼前的光线，眯着眼睛透过指缝观察屋子里的情况。眼前站着一个黝黑矮胖的男人，两只眼睛虽然不大，但是很有精神，年龄在六十岁左右，想必就是缅甸的第二大毒枭波刚。房间内看上去至少有三个出口，每个出口都有两名持枪的保镖，波刚的身后还站着两名壮硕的保镖，其中一个是黑人。

波刚往前走了两步，对范华阳说："听说你是一名警察，嗯，很好！为我服务的警察不少，大家相互帮忙，一起赚钱才是王道。"

范华阳说："我是中国警察，不跟毒枭合作，给你送四面佛是宋博衍胁迫我干的。"

波刚爽朗地笑道:"我做事只看结果,不计较过程,结果就是你亲自把四面佛送到我手上,这份谢意还是要表达的。"

说罢,波刚双手合十,对着范华阳鞠躬,姿态甚是虔诚。

范华阳往一旁踱了两步,避开波刚的鞠躬。波刚身后的保镖看到范华阳移动身体,急忙往前走过来,黑人保镖已经掏出手枪。那是一把伯莱塔92F手枪,由此可见,波刚的毒品基地里武器装备精良。

波刚举起手示意两个保镖退下,并让其中一名保镖为范华阳取来一瓶冰镇的科罗娜啤酒。

范华阳接过啤酒,咕咚咕咚一饮而尽,他抹了一把胡子楂上的酒水,酒水把番茄酱污渍擦洗得干干净净。

范华阳打了一个气嗝,对波刚说:"波刚先生既然是一个虔诚的佛教徒,为什么还要做毒品生意?"

波刚一脸慈祥地说:"我不做,就会有其他人来做,其他人做起这种生意来会没有底线。"

范华阳问道:"你买卖毒品的底线是什么?"

波刚说:"这个世界上,像你和宋先生这样的人属于极少数，大多数人生性意志薄弱，意志薄弱之人的精神世界随时都可能崩溃，拯救这些身处崩溃边缘的人是我的使命，也是我做毒品生意的初衷。"

范华阳冷冷地说："每个人都会给自己的罪恶披上神圣的外衣，好让自己心安理得地作恶，就像刚才那个乔梁，他九年前在华南杀了赛耶手下五个人，伪造现场嫁祸于你，他的借口就是要保护自己的主子。"

波刚示意保镖再给范华阳拿一瓶啤酒，他微微一笑，说道："这事儿我早就知道，今天，你们双方都想借我的刀杀人，我劝你们不要打错算盘，我波刚不杀人，我只度人。"

波刚话音刚落，宋博衍跟随着两名保镖走进大房子，他用意味深长的眼神看着范华阳，转而对波刚说："John一家上路了，我要等到晚上接到John的电话，确保他们一家人安全了，才能离开这里。"

波刚很是愉悦，对宋博衍和范华阳说道："正合我意，四面佛回归缅甸，今天晚上，基地要好好庆祝一下，你们俩都要参加。"

宋博衍回过头来，看着范华阳，眼神里不再是冰冷和不屑，而是一股力量和温热。

三十八

傍晚时分是热带地区一天中最为躁动的时刻，因为各种蚊虫纷纷出动，吸血觅食。蚊虫的生命周期太短，使得它们没有时间对生死问题作太多思考，吸食和繁殖是它们生命的全部意义，且不管会不会为此付出生命。随着科技的发展，假象幻象越来越多，很多时候让蚊虫们送命的不是食物，而仅仅是一种气味儿。露天小花园的四周挂着几十盏白光灯，这些白光灯既能照明又能装饰黑夜。但这些灯真正的使命是散发一种香味儿，诱捕被欺骗来的蚊虫。

露天花园里正在举办聚会，来者都是波刚的亲朋好友，大长条餐桌上坐满各色人等，其中包括范华阳、宋博衍和乔梁。范华阳和宋博衍坐在一起，乔梁则坐在他们两个人的斜对面，三人的眼神时有交流，目光中都藏匿着杀气。

波刚说完开场词后,众人开始举杯喝酒,气氛瞬间活跃并喧闹起来。

范华阳歪着头,小声问宋博衍:"我今天要是赶不到这里,你真的会伤害我女儿吗?"

宋博衍看都没看范华阳,眼睛盯着斜对面的乔梁,小声道:"两点钟方向三百米有一所竹房子,蔡萧和依依关在那里。"

范华阳问道:"你兔崽子还算有良心。什么时候动手?"

宋博衍说:"给波刚一个面子,宴会结束,他会带着四面佛离开,两不相帮。"

范华阳说:"不行!我不仅要把蔡萧和依依带回去,还要把四面佛带回去。"

宋博衍说:"别幼稚了,追到根上,四面佛本来就是属于缅甸人的,拿到四面佛的波刚要是能够立地成佛,我们也算是度他一回。"

说着话,宋博衍从桌子底下递给范华阳一把伯莱塔92F手枪和两个弹夹。

宋博衍继续说道:"波刚一会儿会带走基地一半的保镖,

剩下三十多人全都是乔梁这些年网罗的死党亲信，他已经做好了准备，今晚也要置我们俩于死地。"

范华阳把手枪悄悄插进腰带里，对宋博衍说："凭两把手枪干不掉三十多个武器装备精良的毒贩。"

宋博衍将一把车钥匙递给范华阳，对他说："十点钟方向，三十米，那辆黑色丰田越野车里还有两把M16自动步枪、一支火箭筒和一打手雷。一会儿动手后，你先拿到步枪，吸引他们的火力，我去救人。如果你的火力压力减小，说明敌人增援竹房子了，你马上开车去两点钟方向接应我。"

范华阳说："我女儿要是出半点差错，我他妈的跟你没完！"

宋博衍没有理会范华阳，自顾自地喝着啤酒，眼睛盯着乔梁，眼神里闪烁着愤怒的光。

范华阳问道："扳倒聂怀盛的那八公斤毒品，是波刚给你的？"

宋博衍点点头。

范华阳进一步逼问道："John是谁？你为什么要花这么多年精力救他一家人？"

突然，一个电话打进来，宋博衍赶忙接听手机。寥寥几句话，宋博衍长舒一口气，最后用缅甸语说了一句祝福，便挂断手机。

宋博衍依旧没有看范华阳，他目光继续盯着乔梁，说道："John一家平安了，这件事情的来龙去脉一两句话说不清楚，希望我还有解释的机会。"

范华阳又问道："你真的爱蔡萧吗？"

宋博衍这回转过头来，看着范华阳说："这么好的女人，谁会不爱呢？"

范华阳说："那是我前妻啊！"

宋博衍说："我爱你前妻，碍你屁事。"

范华阳干掉一杯啤酒："操！"

宋博衍也喝干一杯啤酒，露出一副玩世不恭的笑容："操！"

两个人正说着话，波刚端着一杯酒走过来，对宋博衍小声说道："按照你的意思，我离开后就会切断基地电源。"

宋博衍双手合十："谢谢波刚先生！"

波刚随后对范华阳说道："四面佛回归缅甸，是缅甸佛教徒的至上荣光，我代表五千万佛门子弟对你表示感谢！"

因为端着酒杯，波刚无法双手合十，便伸出手与宋博衍和范华阳握手。宋博衍突然觉得波刚手中有异物，他也看到波刚意味深长的眼神，便将波刚手中的异物接了过去。

波刚小声说道："基地外面五百米的路边上放着一辆备用车，以备不时之需，祝你们两位好运，佛祖保佑你们！"

聚会持续将近两个小时，席间已经有人露出醉态。波刚觉得兴尽，说了一番祝福的话，相当于结束语，便率领一干人离开露天花园。此刻，长条餐桌上只剩下乔梁、范华阳和宋博衍三个人。三个人纹丝不动地坐在原地，他们都是左手端着酒杯，右手放在桌子下面，脸上神情肃穆。三个人心里都明白，每个人放在桌子下面的右手手里都握着枪，但是都碍于波刚还没有离开基地，所以双方暂时处于僵持状态。不远处，传来汽车引擎启动的声音，一辆辆豪华汽车依次驶出基地大门。随着大门吱嘎嘎关闭的声响传过来，长条餐桌上的三人的神经也绷紧到极限，就在大门关闭的那一刻，三人都觉得应该动手了。便在此时，灯光瞬间熄灭，几乎就在灯光熄灭的刹那，砰砰砰的枪声响成一片。

　　范华阳在灯光熄灭的同一刻，对着乔梁扣下扳机，在扣下扳机的同时倒地，滚向花园外侧，奔着十点钟方向的越野车连滚带爬过去。匍匐到越野车跟前，他用车钥匙手动打开车门，因为遥控钥匙会导致车灯闪烁。从越野车后排座位拿到M16自动步枪，又摸到三枚美军制式手雷，这才关上车门。此刻，基地里已是枪声大作，子弹呼啸着从身边和头顶上飞过。离开越野车，范华阳找到一个隐蔽处，用遥控钥匙锁闭车门，车灯立刻闪烁起来，随后便听见子弹击碎车窗玻璃的声音。通过子弹在夜间飞行的点线判断方位，范华阳用自动步枪击中两名保镖，然后迅速撤离隐蔽处。因为，他用子弹夜间飞行点线识别敌人的藏身处，敌人也会用这个办法识别他的藏身处。

　　找到新的藏身处，范华阳再次使用遥控钥匙开关车门，给越野车又招来一阵子弹。范华阳照方抓药，接连击中三名保镖。在他再次更换藏身地点时，一头撞上一个人，从撞击力度判断，对方肯定不是宋博衍。近身搏斗是范华阳的拿手好戏，三两下便干掉了对手，并捡起对手的AK47自动步枪，对着一排竹墙射光弹夹里所有子弹。竹墙后面至少有三四个人，是对方的主要火力点。几声惨叫后，对方的火力明显减弱。范华阳猫着腰几个蹿跳，便上了越野车，发动引擎后，朝着两点钟方向疾驰而去。

不断有子弹叮叮当当击中车辆，范华阳觉得左侧肩头烈火灼烧般疼痛，估计是被子弹击中了。车辆前方一处岔路口，至少有两支自动步枪组成交叉火力，子弹雨点般扫射过来，范华阳刹住车龟缩在车中不敢抬头。他从口袋里掏出两颗手雷，拔出保险后，扔向岔路口。接连两声爆炸后，范华阳一脚踩下油门，冲着两点钟方向继续前进。车灯前出现一所竹房，房门打开，宋博衍和蔡萧刚一露头，便被一排子弹逼退回房内。范华阳赶紧关闭车灯，并掉转车头，将越野车倒着逼近竹房。停下车后，范华阳将车辆右侧的前后车门打开后，自己则跳下车来用自动步枪压制对方的火力。

范华阳一边射击，一边冲着竹房子大声喊道："上车！"

宋博衍再次打开房门，一手抱着依依，一手举枪射击，身后跟着蔡萧，冲向越野车。宋博衍把依依放在后排座位上，发现车门被子弹打坏，已经无法关闭车门。宋博衍直接上了驾驶位,余光扫过坐好的蔡萧,一脚踩下油门,车辆往前冲去的时候,他也冲着范华阳喊道:"撤!"

范华阳上了后排车座,看到蔡萧和依依全都是一脸惊恐相,他安慰母女二人道:"别怕!我一定把你们带出去!"

宋博衍脚下油门踩到底,越野车冲离了竹房子。竹房子外有一个装饰性门垛,无法关闭的越野车右后门剐蹭上门垛,被硬生生扯下。车辆瞬间到了岔路口,对面两辆路虎车直接冲着越野车撞过来。宋博衍急忙踩住刹车,猛打方向盘向左侧一排香蕉树冲过去。因为转向过急,依依被惯性甩出车外。蔡萧幸亏被范华阳一把抓住,才避免被一起甩出去。车子又往前冲出去足有二十米,宋博衍才把车子刹住。蔡萧疯魔般地哭喊着,要冲下车去,被范华阳从后面死死抱住。就在此时,基地内的照明灯全部亮起,大概是有人合上电闸。在汽车后视镜里,宋博衍看到乔梁跳下路虎车,从地上抓起依依,并用一把手枪指在依依的头上。

宋博衍打开车门,小声对范华阳说:"我去吸引火力,你来狙击。"

说来也巧,在警官学院四个学年的射击比赛中,范华阳总能超越宋博衍一环。危急时刻，宋博衍做了最合理的安排，由他来吸引乔梁，让范华阳来完成致命一击。

范华阳轻轻地拉动枪栓，用M16自动步枪瞄准乔梁。乔梁很是警觉，他单手把依依抱在胸前，遮住自己大半个脸和身体要害部位。

宋博衍提着手枪躲在车轮旁，对乔梁喊道："放开孩子，你要的人是我。"

乔梁喊道："我要的是你们俩，你们俩大人来换孩子。"

宋博衍说："我先出来，等你放了孩子，范华阳再出来。"

乔梁说："可以，把枪扔掉，你先出来。"

宋博衍把手里的枪扔到乔梁能够看见的位置，然后举起双手，绕过越野车，缓缓走向乔梁。

宋博衍走到乔梁跟前，看了一眼依依，对乔梁说："放了孩子。"

乔梁迟疑片刻，说道："先让范华阳出来，我再放孩子。"

宋博衍说："女儿是我的，你拿我女儿当人质，威胁不到范华阳。"

乔梁大概是觉得宋博衍说得有道理，他松开依依，一把搂住宋博衍的咽喉，另一只手拿枪顶在宋博衍的太阳穴上。

宋博衍对愣在原地的依依说道："依依快上车，找你妈妈去。"

依依流着泪，朝着越野车跑去。快到越野车的时候，依依突然回过头来，一脸委屈地对宋博衍说："宋叔叔，范华阳才是我爸爸。"

乔梁稍一愣怔，宋博衍右手擒住乔梁持枪的手腕，迅疾掰开枪口的同时，伸出拇指按下枪柄上的弹夹栓。在弹夹脱离枪柄的同一时刻，乔梁扣下扳机，射出手枪里唯一一颗子弹，子弹紧擦着宋博衍的头皮飞过。枪响过后，宋博衍松开乔梁的手腕，紧接着，腰间发力，右臂奋力向后挥去，正是他运用娴熟的回马肘。肘部击中乔梁的鼻梁，传来沉闷的咔嚓声。一击命中，宋博衍头也不回，猫着腰冲着依依飞奔过去。他把整个后背留给敌人，也把全部希望寄予范华阳的果敢决断，并在心里祈祷范华阳的射击水准没有退化。就在此刻，三条火舌啪啪啪划过宋博衍耳旁和肩膀，其中一条火舌击中乔梁的右肩。

与此同时，也有一股巨大力量撞到宋博衍后背，他一个踉跄扑倒在依依身上。等他抱着依依起身时，突然发现自己全身乏力，脚像是踩进了棉花垛子。宋博衍咬了咬牙，使出浑身力气把依依抱进越野车后排座，他则挣扎着上了驾驶位。

蔡萧接过依依的时候，发现依依身上全是血，不由得惊叫起来："依依，你伤在哪儿？伤在哪儿？"

范华阳顾不得看女儿，他全神贯注地点射着，拼命压制敌人的火力。

宋博衍驾驶越野车往基地门口冲去，他咳嗽着对蔡萧说："依依没受伤，是我的血。"

后视镜中折射出刺眼的光，三四辆车从后面追赶过来。宋博衍的咳嗽声越来越剧烈，一口血喷到只剩半截的前风挡玻璃上，他抓起座位旁边的火箭筒，推开烂成网纹状的风挡玻璃，将火箭筒架在驾驶台上，扣下扳机。一枚火箭弹拽着烟雾飞向紧闭的铁门，轰隆一声响，基地的铁门被炸开。

蔡萧惊恐地看着宋博衍："你……伤到了哪里？"

宋博衍转头看了一眼依依，柔声说道："叔叔对不起你，让你……你和妈妈身陷……险境。"

宋博衍又咳了一声,吐出一口血水:"你们……在门口下车,往前……往前五百米,有辆车……"

范华阳一边对着车后射击,一边大声喊道:"不行!要走一起走!"

宋博衍又是一阵剧烈咳嗽:"别、他妈犯幼稚,我……我的肺……打穿了,走不了了。"

越野车的油门被踩到底,冲向基地大门。在距离大门二十米左右的距离,宋博衍使出浑身力气,往右一把打死方向盘,越野车横着漂移向大门。咣当一声响,越野车横着卡死在大门的两个门垛之间,后排座上的三个人被甩出越野车,跌坐在基地大门外面。范华阳从地上爬起来,奔向越野车,要把宋博衍从车里拖出来。宋博衍端坐在驾驶位上,正拿着一枚弹头装在火箭弹筒上,并将火箭弹对准开过来的三辆车,乔梁坐在最前面一辆车的副驾驶位上。

范华阳拉开副驾驶位的车门,一把抓住宋博衍的胳膊:"跟我走!"

宋博衍叫道:"别动我!"

宋博衍说完,用手指了指自己的脚下。范华阳顺着宋博衍的手指看过去,发现宋博衍的脚下踩着一个拔掉保险的手雷。只要宋博衍起身,他脚下的手雷保险就会自动弹开爆炸……

范华阳流着泪骂道:"你他妈的一直都是狠角色!"

宋博衍笑了笑,对范华阳说:"但你他妈的……一直都是赢家。"

说完,宋博衍扔过来一把车钥匙,然后低下头去,瞄准了乔梁乘坐的车辆。

三十九

冬樱花再度开放的时候,波刚派人从缅甸送来两件物品,一件是四面佛,一件是宋博衍的骨灰盒。

拿到四面佛后,范华阳的停职审查才算结束。审查主要厘清宋博衍与波刚的交易,中间的曲直是蔡萧揭晓的。原来,John是国际刑警组织的线人,郑远桥在办案时认识了John。在调查聂怀盛贩毒案的时候，郑远桥带着宋博衍远赴缅甸，通过John调查缅甸第一毒枭赛耶与聂怀盛的生意关联。在聂怀盛到缅甸参加赛耶组织的浴佛节前夕，宋博衍只身前往缅甸，通过John找到缅甸第二毒枭波刚，问他赊借八公斤海洛因，由John在中间做担保人。扳倒聂怀盛后，宋博衍没有拿回八公斤海洛因，又没有钱偿还八公斤海洛因的巨额毒资，波刚便提出让宋博衍为他盗取当年被吴三桂带回华南的四面佛，并且将John一家人扣留在基地做担保。双方约定期限是七年，逾期见不到四面佛，波刚就会杀掉John一家人。注定要做窃贼的宋博衍无法再做警察，这就是他当年扳倒聂怀盛后拒绝入警的真实原因，因为宋博衍不想辱没神圣的警服。接下来，宋博衍几乎把华南境内著名的四面佛偷了个遍，每回都要波刚兴师动众来"接货"，但是最后都被专家一一否定。宋博衍只好又把一件件四面佛取回来，送回各家博物馆，造成了故意挑衅警方的事实。第八次偷窃的四面佛，宋博衍拍照发邮件给波刚，也被专家否定。宋博衍最后找到佛教协会余会长，了解到波刚想要的四面佛居然在聂怀盛手里，而聂怀盛的物品全部封存在公安局大院的证物仓库。就在宋博衍盘算如何拿到四面佛的时候，范华阳将其抓捕归案，他最后被判处有期徒刑三年，而他与波刚约定的七年期限还剩两年半。于是，宋博衍只好积极表现，终于得以提前释放。而且，在出狱之前便计划好与蔡萧假扮恋人，以激怒范华阳。蔡萧之所以答应，是因为宋博衍许诺，要范华阳以实际行动来证明他是如何爱自己妻女的。宋博衍出狱后入住蔡萧家，他一个人睡主卧，蔡萧和依依睡同一个房间，两个人始终没有逾礼。妒火中烧的范华阳果然乱了方寸，尤其是在女儿被当作人质后，便毅然决然把四面佛送到缅甸。这个计划本来没有纰漏，但是半道上杀出来的乔梁成为变数，他潜入缅甸投靠波刚数年，宋博衍事先并不知情。宋博衍原计划让蔡萧和依依待在仰光，没有想到会被乔梁劫持去了波刚的基地……

范华阳看过波刚送来的四面佛，漆封已经被动过，前来送物件的人向范华阳转达波刚的口信：波刚先生不再做度人的生意，他要先度自己，而且还要在勃固建一座新的金塔，供奉佛祖的真身舍利。

安放宋博衍骨灰那天,警官学院的同学全都到场了,女同学一个个全都哭肿了眼睛。许多年过去了,宋博衍依旧是华南警官学院女生心中的男神。宋博衍的骨灰与聂冉埋在一起,他墓碑上的照片是身着警服的毕业照,照片上青春的脸庞俊朗、阳光,充满了朝气。姜副局长亲自去墓地致悼词,悼词里肯定了宋博衍曾经是一名合格的中国警察,并为他热爱的警察职业付出宝贵的生命……

姜副局长使用了"曾经"一词,巧妙地避开宋博衍被捕入狱的尴尬经历,使得亲友和同学们都能够平和接受。

范华阳半卧在女儿依依床上,给她读《哈利·波特与死亡圣器》,直到依依憨憨地睡去,这才悄悄起身走回主卧。蔡萧洗完澡坐在床上,叉开五指梳理着刚刚用电吹风吹干的长发。今天是范华阳搬回家住的第一个晚上,走进卧室后,他的心情有些异样。

看着蔡萧的侧影,范华阳终究还是没有忍住,他问道:

"宋博衍住在这里的时候,那些叫床声是怎么鼓捣出来的?"

蔡萧白了范华阳一眼,她拉开床头柜抽屉,从里面掏出一沓DVD扔在床上,对范华阳说:"以后多学学宋博衍的格局,把自己的小心眼儿撑大点儿。"

范华阳拿起床上的DVD,嘿嘿地咧着嘴,喃喃骂道:"宋博衍这小子真是一个……混蛋!"

说完,范华阳的双眼溢满了泪水。

第一稿于崂山依山伴城

2020年3月24日星期二

图书在版编目（CIP）数据

最后的地平线 / 余耕著. -- 北京：作家出版社，2023.6
ISBN 978-7-5212-2279-1

Ⅰ.①最… Ⅱ.①余… Ⅲ.①长篇小说－中国－当代 Ⅳ.①I247.5

中国国家版本馆CIP数据核字（2023）第066906号

最后的地平线

作　　者：余　耕
插　　画：李　强
责任编辑：宋辰辰
装帧设计：意匠文化·丁奔亮
出版发行：作家出版社有限公司
社　　址：北京农展馆南里10号　　邮　编：100125
电话传真：86-10-65067186（发行中心及邮购部）
　　　　　86-10-65004079（总编室）
E-mail:zuojia@zuojia.net.cn
http://www.zuojiachubanshe.com
印　　刷：唐山嘉德印刷有限公司
成品尺寸：142×210
字　　数：117千
印　　张：8.25
版　　次：2023年6月第1版
印　　次：2023年6月第1次印刷
ISBN　978-7-5212-2279-1
定　　价：42.00元

作家版图书，版权所有，侵权必究。
作家版图书，印装错误可随时退换。